Rentrée chez les sorciers

1

L'élixir sorcifère

C'était la veille de la rentrée. Avec mon ami Grégoire, nous avions décidé de jouer encore une fois aux sorciers. C'est notre jeu préféré. Nous étions en train de remplir notre « chaudron » avec de l'eau, lorsqu'une dame nous a appelés depuis l'autre côté du mur :

– Les enfants ! N'ayez pas peur, approchez ! Je m'appelle madame Craboudine. J'ai vu, en vous observant, que vous aviez des dons pour le métier… Tenez ! Ceci va vous intéresser !

La dame nous a tendu une sorte de parchemin, puis elle s'est éloignée en trottinant.

Grégoire a déclaré en riant :

– Drôle de bonne femme, tu ne trouves pas, Diane ?

Il a déroulé le parchemin.

– « Élixir sorcifère », ai-je lu. On dirait une potion. Cool ! Si on essayait de la faire pour voir ?

Il nous a fallu presque toute la journée pour réunir les ingrédients. Il y avait des tas de choses compliquées à trouver : dix œufs de grenouille, une larme de mouton ayant bêlé trois fois après minuit, trois gouttes de lait d'une vache ayant eu un veau noir dans l'année…

Heureusement, les moutons de mon père bêlent toute la nuit et notre vache, la Noiraude, a eu un veau au printemps. Pour les œufs de grenouille, c'est Papi qui nous a aidés. Il pêche souvent dans l'étang et il savait où en trouver.

Nous avons suivi la recette pas à pas. Maman a même accepté de faire chauffer notre élixir « une seule minute », comme l'indiquait la recette. Une fois ce temps de cuisson écoulé, Maman a mis la marmite dehors en criant :

– Oh, quelle puanteur ! Diane, tu jetteras cette cochonnerie au fumier !

C'est vrai qu'il sentait mauvais, notre élixir sorcifère ! Pourtant, j'éprouvais une irrésistible envie de le goûter. Grégoire fixait lui aussi la potion avec des yeux pleins d'envie.

J'ai murmuré :

– Ce truc est dégoûtant. Ce n'est quand même pas normal qu'on ait envie d'y goûter !

– Peut-être, a répondu Grégoire, mais moi, je ne peux pas résister !

Grégoire s'est penché sur la potion et s'est mis à en boire en utilisant le creux de sa main. J'ai moi aussi bu une gorgée, puis une autre…

Une fois repus, on est restés là, tout bêtes, ne sachant pas trop quoi faire. Puis, comme la potion n'avait pas l'air de faire de l'effet, nous avons jeté le reste sur le tas de fumier.

2

Un bus étrange

Le lendemain matin, c'était la rentrée des classes. Je suis arrivée très en avance à l'arrêt de bus car j'avais peur de le rater. Grégoire aussi, visiblement : il m'attendait déjà sur place. Une chance pour nous, le bus scolaire est passé bien avant l'heure.

En montant dans le bus, nous n'avons reconnu aucun de nos copains : les écoliers qui étaient là portaient tous un uniforme violet avec un chapeau pointu. Leurs yeux avaient un léger reflet mauve, comme leur uniforme. Nous avons trouvé ça bizarre.

Grégoire a dit poliment au conducteur :

– Monsieur, je crois qu'on s'est trompés de bus. Pourriez-vous nous laisser descendre, s'il vous plaît ?

– Non, non, asseyez-vous ! a grogné le chauffeur. J'ai des instructions à votre sujet.

Comme nous n'obéissions pas, il a crié :

– Assizaoust !

Et, sans rien y comprendre, je me suis retrouvée assise entre Grégoire et un autre garçon.

Le garçon m'a dit d'un air soupçonneux :

– Qu'est-ce que tu fais ici, toi ? T'es pas une sorcière !

Grégoire s'est exclamé :

– Pfff… N'importe quoi ! Les sorciers n'existent pas !

– Ah oui ? a répondu le garçon. Attends que je te jette un sort et tu verras si je n'existe pas !

– Du calme, Pustulo ! a crié le chauffeur. Ces enfants seront bientôt aussi sorciers que toi. Laisse à l'élixir sorcifère le temps de faire son effet.

Grégoire a commencé à s'affoler :

– Comment ça ? Quel effet ?

– Greg, me suis-je écriée, tes yeux prennent un curieux reflet mauve. Je crois que cette madame Craboudine nous a donné la recette d'une vraie potion de sorcier !

3

Une école pleine de charmes

Madame Craboudine nous attendait à l'arrivée.

– Ah ! Voilà les petits surdoués ! s'est-elle écriée. Bienvenue dans mon école de magie ! Pardonnez-moi de ne pas vous avoir prévenus pour la potion et le bus, mais j'avais peur que vous refusiez de venir. Pour aimer cette école, il faut la connaître, vous comprenez ?

Totalement ébahis, nous n'avons rien répondu. La directrice a ajouté :

– Je vous ai inscrits dans ma classe de « Charmes et magie 1re année ». Allez vous mettre en rang devant le bâtiment des « CM1 ».

J'ai obéi, très contente d'essayer une école de sorciers. Grégoire m'a suivie en regardant partout autour de lui. Il n'avait pas l'air aussi convaincu que moi.

Un peintre était en train de rénover le bâtiment des CM1. Les murs repeints avaient l'aspect et l'odeur de murs en pain d'épice ornés de bonbons. Mais le plus étrange, c'était que le peintre n'avait dans son pot… que de la peinture ! Les bonbons et les sucres d'orge se dessinaient tout seuls à chaque coup de rouleau !

Grégoire m'a chuchoté :

– Diane, on dirait la maison de la sorcière du conte d'*Hänsel et Gretel*. Tu sais, la sorcière qui mange les enfants !

J'ai répondu, amusée :

– Allons, Greg, c'est juste de la peinture ! Moi, cette école, je la trouve plutôt cool !

Un croassement de corbeau a mis fin à la récréation. Nous nous sommes rangés devant la classe.

Dans le hall, madame Craboudine nous a présenté un sorcier au nez crochu :

– Les enfants, voici maître Malakius, notre intervenant en EPS : Édupotions Putrides et Sordides. Malakius, voici deux nouveaux élèves, Grégoire et Diane. Ils ont réussi du premier coup le test de l'élixir sorcifère.

– Vraiment ? s'est étonné Malakius. Quand l'ont-ils bu ?

– Hier. Leur transformation n'est pas encore finie.

– Intéressant, a dit maître Malakius en nous tapotant la tête. Très intéressant…

4

Le chaudron

La classe de CM1 avait l'air d'une classe ordinaire, sauf que la date s'écrivait toute seule au tableau et que les chaises s'adaptaient à notre taille quand on s'asseyait dessus.

Comme tout le monde bavardait, madame Craboudine a lancé :

– Silence, les enfants, ou je vous jette un sort de bouche cousue !

Tout le monde s'est tu. On n'entendait plus que les livres qui se disputaient sur l'étagère.

Madame Craboudine a remarqué :

– Nom d'un crapaud ! J'avais oublié que les manuels de sortilèges ne s'entendent pas avec les fichiers de mathémagie… Pustulo, veux-tu ranger tout ça pendant que je fais apparaître les cahiers.

Madame Craboudine s'est ensuite approchée du tableau et a annoncé :

– Nous allons commencer par une leçon sur les adjectifs magicatifs qui se terminent par « -fère ». L'élixir sorci-fère transforme en… ?

– Sorcier ! a répondu la classe.

– L'élixir zombi-fère transforme en… ?

– Zombie ! a encore répondu la classe.

À ce moment-là, une alarme a sonné.

– Zut, a dit madame Craboudine, le dragon de la classe de madame Dufeu fait déjà des siennes ! Vite, tout le monde disparaît tranquillement et réapparaît dans la cour. Et sans panique !

Et là, elle s'est volatilisée avec tous les autres élèves.

Grégoire et moi étions là, tout bêtes, quand maître Malakius est entré dans la classe. Il nous a dit :

– Oh ! Craboudine a oublié que vous ne saviez pas encore disparaître. Suivez-moi !

Nous l'avons suivi mais, au lieu de nous conduire dans la cour, le sorcier nous a menés à un laboratoire rempli de fioles et de bocaux.

Sur une estrade, trônait un chaudron gigantesque dans lequel bouillonnaient des centaines de litres d'eau.

Maître Malakius nous a expliqué :

– J'ai besoin de vous pour terminer cette potion. Vous resterez ici jusqu'à ce qu'elle soit finie.

Un vieux chat borgne* à qui il manquait aussi un morceau de queue est arrivé, avec une souris dans la gueule.

* Il a perdu un œil.

Malakius a hurlé :

– Grifdur ! Je t'avais dit de m'apporter une souris blanche, pas une souris grise ! Je t'ai pourtant jeté un sort d'intelligence !

Et il a donné un coup de pied au chat, qui est reparti, vexé.

– Si tu ne reviens pas avec la bonne souris, je te coupe ce qui te reste de queue ! a crié le sorcier.

Puis il nous a ordonné :

– Vous deux, crachez dans ces gobelets.

Il nous a tendu à chacun une timbale contenant un liquide verdâtre.

Tremblants de peur, nous avons fait ce qu'il demandait. Le sorcier a ensuite versé le contenu des gobelets par terre. Aussitôt, deux enfants identiques à nous sont apparus !

Maître Malakius a expliqué :

– Ces doubles-deux vont vous remplacer en classe… Cette idiote de Craboudine ne fera pas la différence ! Leur durée de vie est courte, mais cela devrait me laisser le temps de finir ma potion.

5

L'ingrédient mystère

Nous avons passé la matinée à remuer la potion de Malakius. Le sorcier y ajoutait des tas d'ingrédients. Grifdur l'aidait en rapportant des insectes ou de petits animaux. Le pauvre chat se faisait houspiller sans arrêt. Parfois, nous le caressions en cachette.

La recette de la potion était dans un grimoire fermé par une serrure. Le sorcier gardait toujours la clé dans sa poche.

En début d'après-midi, Malakius nous a ordonné :

– J'ai un cours d'EPS à donner. Surveillez la potion ! Lorsqu'elle sera devenue orange, je pourrai y mettre le dernier ingrédient. N'essayez pas de vous sauver : les portes et les fenêtres mordent !

Une fois le sorcier parti, Grifdur est venu déposer quelque chose à nos pieds.

– Qu'est-ce que c'est ? a demandé Grégoire.

Je me suis exclamée :

– C'est la clé du grimoire de Malakius ! Bravo, Grifdur ! Nous allons savoir à quoi sert cette fameuse potion.

Nous avons ouvert le grimoire, à l'affût du moindre bruit.

Grâce au marque-page, nous avons vite trouvé la recette. Grégoire a lu :

– « Potion esclavifère ». Si on se fie à la leçon de madame Craboudine, cette potion transforme les gens en…

J'ai murmuré :

– En esclaves ! Et il y en a assez pour pas mal de gens.

Grégoire est soudain devenu très pâle.

– Quoi ? lui ai-je demandé.

– C'est affreux, Diane, m'a-t-il répondu. Lis la fin de la recette…

J'ai porté mes yeux vers le bas de la page et j'ai lu :

– *« Lorsque la potion se colore*
Des teintes orange de l'aurore,
Ajouter en fin de cuisson
Deux sorciers en transformation. »

Grégoire a gémi :

– Deux sorciers en transformation ! Mais c'est nous ! On va passer à la casserole !

J'ai fait un effort pour garder mon calme :

– Quand nos doubles-deux disparaîtront, ai-je raisonné, madame Craboudine va s'inquiéter. Nous devons nous débrouiller pour tenir le plus longtemps possible.

6

Ça chauffe !

Grégoire a feuilleté le grand grimoire en tremblant. Je l'ai soudain arrêté :

– Stop ! J'ai trouvé quelque chose ! Regarde ! Ce philtre peut nous permettre de gagner du temps !

C'était la recette d'un philtre antibrûlure.

Grégoire a préparé une marmite tandis que je recueillais les ingrédients du philtre sur les étagères de Malakius. Au bout d'un moment, je me suis affolée :

– Je ne trouve pas les œufs de griffon * !

Nous avons cherché partout, sans succès. L'heure tournait. Malakius allait bientôt revenir ! Je commençais à perdre espoir quand j'ai senti un craquement sous mon pied.

– Je crois que tu as trouvé le nid de griffon ! a gloussé Grégoire. Heureusement que la recette demande des œufs écrasés !

* Animal fabuleux à corps de lion et à tête d'aigle.

Vite, vite, nous avons terminé le philtre antibrûlure, nous l'avons bu et nous avons rangé l'atelier.

Quand Malakius est arrivé, il a inspecté le contenu du chaudron et s'est écrié :

– Formidable, mes petits sorciers, la potion est devenue orange ! Regardez !

Par réflexe, nous nous sommes penchés au-dessus du chaudron. C'est le moment qu'a choisi le sorcier pour nous y pousser…

En plongeant dans la potion bouillante, j'ai eu un moment d'angoisse. Heureusement, le philtre antibrûlure fonctionnait parfaitement : la potion ne m'a pas paru plus chaude que l'eau tiède d'un jacuzzi.

Malakius a déclaré avec satisfaction :

– Dans quelques minutes, ma potion esclavifère sera enfin prête !

Et sans un remords, il nous a regardés cuire.

Seulement, comme il a vu que la cuisson n'avait aucun effet sur nous, le sorcier est entré dans une rage folle :

– Sales petits tricheurs ! s'est-il exclamé. Vous ne perdez rien pour attendre !

Il s'est mis à réciter des incantations. J'ai commencé à sentir la chaleur me picoter les doigts de pied... La potion devenait de plus en plus chaude ! Malakius annulait le pouvoir du philtre ! Nous étions perdus !

Nous tentions de sortir du chaudron lorsque la porte du laboratoire a explosé en un million d'étincelles. Madame Craboudine est entrée en criant comme une furie :

– Nom d'une limace ! Que se passe-t-il, ici ?

Malakius a voulu jeter un sort à Craboudine, mais cette dernière, plus rapide, a prononcé une formule aveuglante. N'y voyant plus rien, le sorcier a reculé vers le bord du chaudron.

Il a trébuché sur Grifdur en jurant ct il est tombé dans la potion bouillante.

L'instant d'après, il avait disparu.

7

Le choix

Madame Craboudine s'est précipitée vers nous.

– Les enfants ! Est-ce que tout va bien ? Quand vos doubles-deux ont disparu, j'ai tout de suite deviné que Malakius vous avait enlevés… Il est le seul à réussir parfaitement la potion doublifère.

Grégoire lui a dit, tout tremblant :

– Je n'ai jamais été aussi heureux de voir une sorcière !

Madame Craboudine a séché nos vêtements d'une formule magique et nous a ramenés en balai volant jusque chez nous. Là, elle nous a donné à chacun une fiole en expliquant :

– Ce philtre annule les pouvoirs de l'élixir sorcifère. Après ce qui vous est arrivé, j'imagine que vous n'avez plus très envie de devenir sorciers…

Je pensais que Grégoire boirait tout de suite son philtre, mais, comme moi, il a mis la fiole dans sa poche.

Une fois la directrice partie, il m'a confié :

– Je préfère réfléchir. Finalement, mis à part Malakius, elle n'est pas si mal, cette école…

Nous sommes rentrés chez nous, chacun de notre côté. J'avais Grifdur dans mes bras. Tout excitée, j'ai parlé à mes parents du chat, des potions et des meubles magiques de l'école de madame Craboudine. J'ai dit que je voulais continuer d'y aller.

Maman a éclaté de rire :

– Vraiment, Diane, quelle imagination ! Il va falloir que tu lises autre chose que des histoires de sorciers !

– D'où sort vraiment ce chat ? a demandé Papa. Cette pauvre bête est en piteux état !

Je n'ai pas répondu. J'ai regagné ma chambre, toute triste : mes parents n'avaient pas cru un mot de mon récit.

Le lendemain matin, Papa est venu me réveiller. Lorsqu'il a ouvert la porte, Grifdur s'est faufilé dans l'embrasure et a sauté sur mon lit.

Papa m'a raconté :

– Hier soir, pendant que tu dormais, figure-toi que ce chat a décroché le téléphone et qu'il a composé avec sa patte le numéro de ton école de sorcellerie. Nous avons compris que tu n'avais pas menti. Nous avons discuté avec madame Craboudine et… enfin… Si j'étais toi, j'irais vite prendre mon petit-déjeuner.

J'ai couru jusqu'à la cuisine, suivie de Grifdur et de Papa. Là, j'ai trouvé Maman en train de boire un café avec madame Craboudine.

Maman disait :

– Incanthistoire, orthocharme, grimoires-conjugaison... C'est intéressant, comme programme scolaire. Mais, la sécurité des enfants ? Ce qui s'est passé avec ce sorcier... euh... Spartacus... ?

– Malakius, a corrigé madame Craboudine. Rassurez-vous, j'ai équipé l'école d'une installation Magiprotect. Tout sorcier malintentionné pénétrant dans mon établissement se trouvera immédiatement changé en pantoufle à paillettes. D'ailleurs, les parents de Grégoire n'ont pas hésité à inscrire leur fils...

Mon cœur a fait un bond :

– Grégoire est inscrit dans votre école ?

Papa a demandé :

– Notre fille pourra-t-elle garder Grifdur ? Cela nous rassure de le savoir avec elle.

– Certainement ! a répondu madame Craboudine. Diane sera pour lui une bien meilleure maîtresse que Malakius !

Papa et Maman se sont regardés puis se sont tournés vers moi. Maman a soupiré :

– Tu es sûre que tu veux aller dans cette école, Diane ?

– Oui, oui et oui ! me suis-je exclamée. Trois fois oui !

– Dans ce cas, a dit Papa, considère-toi comme officiellement inscrite en « Charmes et magie 1re année ».

Dans la même collection

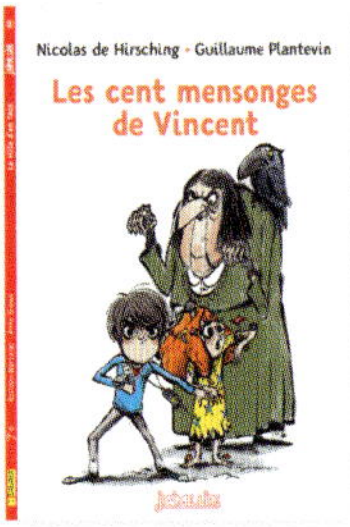

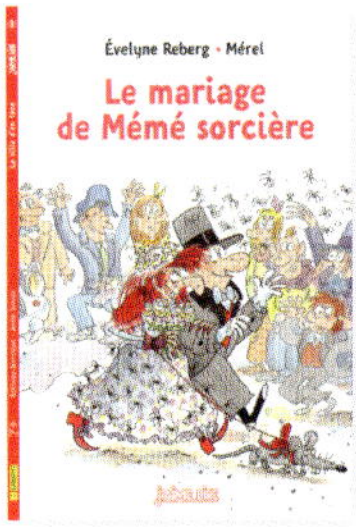

Herauszunehme...

Titelblatt, Geleitwort ....

1	25/26	1
	33/34	1
	51/52	1
	59/60	1
	67/68	1
	91–104	7
	115–120	3
	153/154	1
	177/178	1
	191–194	2
	203/204	1
	211–220	5
	255/256	1
	275–296	11
	323–334	6
	343–350	4
	397/398	1
	425/426	1
	441–446	3
	479–492	7
	499/500	1
	509–514	3
	521–530	5
	539/540	1
	547–576	15
	639–646	4
	667–672	3
20	29/30	1
	55–70	8
	81/82	1
	99–102	2
	143/144	1
	183/184	1
Übertrag:		107

(... 2021)

Zahl der Blätter

1	25/2...	
	33/34	
	51/52	
	59/60	1
	67/68	1
	91–104	7
	115–120	3
	153/154	1
	177/178	1
	191–194	2
	203/204	1
	211–220	5
	255/256	1
	275–296	11
	323–334	6
	343–350	4
	397/398	1
	425/426	1
	441–446	3
	479–492	7
	499/500	1
	509–514	3
	521–530	5
	539/540	1
	547–576	15
	639–646	4
	667–672	3
20	29/30	1
	55–70	8
	81/82	1
	99–102	2
	143/144	1
	183/184	1
Übertrag:		107

Herauszunehm…

Übertrag:

250	1/…	1
		2
		3
	…2	1
	…a	4
	105/106	1
	169/170	1
	189/190	1
	229/230	1
	239/240	1
	257–266	5
	281–292	6
	305–308	2
	323/324	1
	349–352	2
250	**Anl. 2** 15/16	1
450	41–44	2
500	1–890	473
500	**Anl. 8** 1–10	5
500/100	1–62	31
800	1/2	1
	14/14a	1
	21–28	4
	133/134	1
	144/144a	1
	151/152	1
	189/190	1
	199–207c	16
	219–229a	8
	249–252	2
	285–292	5
	315–324a	6
	335–340	3
	347–367a	13

Insgesamt herauszunehmen: 716

		Zahl der Blätter
		107
	1/2	1
	23/24	1
	31/32	1
	39–40a	2
	51–56a	4
	73/74	1
	89–94a	4
	105/106	1
	169/170	1
	189/190	1
	229/230	1
	239/240	1
	257–266	5
	281–292	6
	305–308	2
	323/324	1
	349–352	2
250	**Anl. 2** 15/16	1
450	41–44	2
500	1–946	473
500	**Anl. 8** 1–8	4
500/100	1–62	31
800	1/2	1
	14/14a	1
	21–28	4
	133/134	1
	144/144a	1
	151/152	1
	189/190	1
	199–207a	17
	219–229a	8
	249–252a	3
	285–292	5
	315–324a	7
	335–340	3
	347–367a	13

Insgesamt herauszunehmen: 719

STEUERRICHTLINIEN

Einkommensteuer-Richtlinien, Lohnsteuer-Richtlinien,
Wohnungsbau-Prämienrichtlinien, Körperschaftsteuer-Richtlinien,
Bewertungsrichtlinien, Erbschaftsteuer-Richtlinien,
Grundsteuer-Richtlinien, Gewerbesteuer-Richtlinien,
Umsatzsteuer-Anwendungserlass,
Anwendungserlass zur Abgabenordnung

Textsammlung
der Richtlinien des Bundes zum Steuerrecht
mit Verweisungen und Sachverzeichnissen

Stand: 31. Dezember 2021
(182. Ergänzungslieferung)

C.H.BECK

Dieses Titelblatt stammt aus der 182. Ergänzungslieferung Dezember 2021
ISBN 978 3 406 78128 5
die an die 181. Ergänzungslieferung September 2021 anschließt.

Redaktioneller Hinweis

Vom Verlag erstellte Fußnoten sind urheber- und wettbewerbsrechtlich geschützt; amtliche Fußnoten sind als solche gekennzeichnet.
Die Angaben zum Stand der Sammlung auf dem Titelblatt beziehen sich auf das Verkündungsdatum der maßgeblichen Veröffentlichungsblätter.
Verbesserungsvorschläge und Fehlerhinweise sind jederzeit willkommen.

Verlag C. H. Beck
Wilhelmstraße 9, 80801 München
Fax: (0 89) 3 81 89-3 98 · Internet: www.beck.de
E-Mail: kundenservice@beck.de

www.beck.de

ISBN 978 3 406 46020 3 (Grundwerk zur Fortsetzung)
ISBN 978 3 406 73770 1 (Grundwerk ohne Fortsetzung)
Ergänzt bis 978 3 406 78128 5

Wilhelmstraße 9, 80801 München
Druck: Druckerei C. H. Beck Nördlingen
(Adresse wie Verlag)

CO_2 neutral
chbeck.de/nachhaltig

Gedruckt auf säurefreiem, alterungsbeständigem Papier
(hergestellt aus chlorfrei gebleichtem Zellstoff)

Geleitwort

zur 182. Ergänzungslieferung Dezember 2021

Mit der vorliegenden 182. Ergänzungslieferung erhält die Sammlung den Stand 31. Dezember 2021. Vereinzelt konnten noch aktuellere Hinweise auf Rechtsprechung und Verwaltungsanweisungen aufgenommen werden.

Hauptbestandteil der Lieferung ist der **Umsatzsteuer-Anwendungserlass** (UStAE), der wegen der vielfältigen und teils umfangreichen Änderungen komplett ausgetauscht wird. Das Sachregister zum UStAE wurde vollständig aktualisiert. Auch der **Anwendungserlass zur Abgabenordnung** (AEAO) wurde wieder durch zwei BMF-Schreiben umfangreich geändert.

Mit dem Austausch weiterer zahlreicher Einzelblätter u. a. in den Bereichen Einkommensteuer, Erbschaftsteuer, Lohnsteuer wird die rasch fortschreitende Rechtsentwicklung in Gesetzgebung, Rechtsprechung und Verwaltung dokumentiert und das Werk durchgehend aktualisiert.

Informationen zu aktuellen Gesetzen und Verwaltungsanweisungen sowie sonstige aktuelle steuerliche Fachinformationen finden Sie in der Rubrik Fach-News auf unseren Internetseiten unter www.dstr.de.

München, im Februar 2022 VERLAG C. H. BECK

H 3.2 Zu § 3 Nr. 2

Existenzgründerzuschuss. Zuschüsse zur Förderung von Existenzgründern aus Mitteln des Europäischen Sozialfonds und aus Landesmitteln sind nicht steuerfrei, wenn sie nicht der Aufstockung des Überbrückungsgeldes nach dem SGB III dienen (→ BFH vom 26.6.2002 – BStBl. II S. 697).

Leistungen nach dem SGB III. → R 3.2 LStR 2015.

H 3.5 Zu § 3 Nr. 5

Geld- und Sachbezüge an Wehrpflichtige und Zivildienstleistende. → H 3.5 LStH 2020.

H 3.6 Zu § 3 Nr. 6

Bezüge aus EU-Mitgliedstaaten. § 3 Nr. 6 EStG ist auch auf Bezüge von Kriegsbeschädigten und gleichgestellten Personen anzuwenden, die aus öffentlichen Mitteln anderer EU-Mitgliedstaaten gezahlt werden (→ BFH vom 22.1.1997 – BStBl. II S. 358).

Gesetzliche Bezüge der Wehr- und Zivildienstbeschädigten, Kriegsbeschädigten, ihrer Hinterbliebenen und der ihnen gleichgestellten Personen. → R 3.6 LStR 2015.

H 3.7 Zu § 3 Nr. 7

Allgemeines. Steuerfrei sind insbesondere folgende Leistungen, soweit sie nicht in Form zurückzahlbarer Darlehen, z. B. Eingliederungsdarlehen, gewährt werden:

Flüchtlingshilfegesetz (FlüHG).
- Laufende Beihilfe – Beihilfe zum Lebensunterhalt.
- Besondere laufende Beihilfe (§§ 10 bis 16a FlüHG).

Lastenausgleichsgesetz (LAG).
- Hauptentschädigung – einschließlich des Zinszuschlags i. S. d. § 250 Abs. 3 und des § 252 Abs. 2 LAG – (§§ 243 bis 252, 258 LAG).
- Kriegsschadenrente – Unterhaltshilfe und Entschädigungsrente – (§§ 261 bis 292c LAG).
- Hausratentschädigungen (§§ 293 bis 297 LAG), Leistungen aus dem Härtefonds (§§ 301, 301a, 301b LAG).
- Leistungen auf Grund sonstiger Förderungsmaßnahmen (§ 302 LAG).

H 3.8 Zu § 3 Nr. 8

Wiedergutmachungsleistungen. → Bundesentschädigungsgesetz; → Bundesgesetz zur Wiedergutmachung nationalsozialistischen Unrechts in der Kriegsopferversorgung; → Bundesgesetz zur Wiedergutmachung nationalsozialistischen Unrechts in der Kriegsopferversorgung für Berechtigte im Ausland; → Entschädigungsrentengesetz; → Wiedergutmachungsrecht der Länder.

H 3.11 Zu § 3 Nr. 11

Beihilfen. Entscheidendes Merkmal der Beihilfe ist ihre Unentgeltlichkeit und Einseitigkeit. Leistungen, die im Rahmen eines entgeltlichen Austauschgeschäfts erbracht werden, können nicht als Beihilfe qualifiziert werden. Danach sind die von den Jugendämtern an Vollzeitpflegeeltern geleisteten → Pflegegelder nach § 3 Nr. 11 EStG steuerfrei. Demgegenüber sind Pflegesätze, die an ein erwerbsmäßig betriebenes Kinderhaus für die Unterbringung von Kindern gezahlt werden, keine Beihilfen i. S. d. § 3 Nr. 11 EStG (→ BFH vom 23.9.1998 – BStBl. 1999 II S. 133).

Beihilfen und Unterstützungen, die wegen Hilfsbedürftigkeit gewährt werden. → R 3.11 LStR 2015.

Beihilfen zu Lebenshaltungskosten können die Erziehung und Ausbildung, nicht aber die Wissenschaft und Kunst unmittelbar fördern (→ BFH vom 27.4.2006 – BStBl. II S. 755).

Erziehungs- und Ausbildungsbeihilfen. → H 3.11 (Steuerfreiheit nach § 3 Nr. 11 EStG) LStH 2020.

Öffentliche Stiftung. Eine öffentliche Stiftung liegt vor, wenn

a) die Stiftung selbst juristische Person des öffentlichen Rechts ist **oder**

b) das Stiftungsvermögen im Eigentum einer juristischen Person des öffentlichen Rechts steht **oder**

c) die Stiftung von einer juristischen Person des öffentlichen Rechts verwaltet wird.

Zur Definition der öffentlichen Stiftung → BVerfGE 15 S. 46, 66.[1] Im Übrigen richtet sich der Begriff nach Landesrecht.

Pflegegeld.

- Zur einkommensteuerrechtlichen Behandlung der Geldleistungen für Kinder in **Vollzeitpflege,** für die Erziehung in einer Tagesgruppe, für Heimerziehung/Erziehung in sonstiger betreuter Wohnform, für die intensive sozialpädagogische Einzelbetreuung sowie für die Unterbringung/Betreuung bei Inobhutnahme von Kindern und Jugendlichen → *BMF vom 22.10.2018 (BStBl. I S. 1109).*[2]
- Zur Behandlung der Geldleistungen für Kinder in **Kindertagespflege** → BMF vom 11.11.2016 (BStBl. I S. 1236).
- → Beihilfen.

H 3.12 Zu § 3 Nr. 12

Aufwandsentschädigungen aus öffentlichen Kassen. → R 3.12 LStR 2015.

→ H 3.11 (Öffentliche Kassen) LStH 2020.

H 3.13 Zu § 3 Nr. 13

Reisekostenvergütungen, Umzugskostenvergütungen und Trennungsgelder aus öffentlichen Kassen. → R 3.13 LStR 2015.

→ H 3.11 (Öffentliche Kassen) LStH 2020.

---

[1] BVerfG v. 6.11.1962 2 BvR 151/60, DÖV 1963, 262.

[2] Ersetzt durch BMF v. 31.8.2021, BStBl. I 2021, 1802. – Zur Zahlung aus öffentlichen Mitteln bei Zwischenschaltung eines freien Trägers der Jugendhilfe siehe BFH v. 25.3.2021 VIII R 37/19, BStBl. II 2021, 685.

hält, noch einen ständigen Vertreter bestellt hat, ist der Gewinn der Personengesellschaft zur Ermittlung der Höhe der Gewinnanteile der unbeschränkt steuerpflichtigen Personen nach § 4 Abs. 1 oder 3 EStG zu ermitteln. [2]Eine Buchführungspflicht nach § 140 AO kann auch eine ausländische Rechtsnorm begründen. [3]Bei der Gewinnermittlung nach § 4 Abs. 1 EStG sind alle Geschäftsvorfälle unter Beachtung der Grundsätze ordnungsmäßiger Buchführung zu berücksichtigen, auch wenn sie in einer ausländischen Währung ausgewiesen sind. [4]Das Ergebnis einer in ausländischer Währung aufgestellten Steuerbilanz ist in Euro nach einem Umrechnungsverfahren umzurechnen, das nicht gegen die deutschen Grundsätze ordnungsmäßiger Buchführung verstößt.

Ordnungsmäßigkeit der Buchführung

(5) [1]Für die Ordnungsmäßigkeit der Buchführung bei Gewinnermittlung nach § 4 Abs. 1 EStG gelten R 5.2 bis 5.4 sinngemäß. [2]§ 141 Abs. 1 und § 142 AO bleiben unberührt.

H 4.1

Aufzeichnungs- und Buchführungspflichten

- von Angehörigen der freien Berufe → H 18.2 (Aufzeichnungspflicht);
- für das steuerliche Sonderbetriebsvermögen einer Personengesellschaft (→ R 4.2 Abs. 2) nach § 141 Abs. 1 AO obliegen nicht dem einzelnen Gesellschafter, sondern der Personengesellschaft (→ BFH vom 23.10.1990 – BStBl. 1991 II S. 401); Übertragung auf die Mitunternehmer ist nicht zulässig (→ BFH vom 11.3.1992 – BStBl. II S. 797). Die Gewinnermittlung für das Sonderbetriebsvermögen hat hierbei nach dem gleichen Gewinnermittlungszeitraum und nach der gleichen Gewinnermittlungsart wie bei der Personengesellschaft zu erfolgen (→ BFH vom 11.12.1986 – BStBl. 1987 II S. 553 und vom 11.3.1992 – BStBl. II S. 797).

Gewinnermittlung.

- Bei Beteiligung an ausländischer Personengesellschaft:
  - → R 4.1 Abs. 4 und BFH vom 13.9.1989 – BStBl. 1990 II S. 57.
  - Für Zwecke der Anwendung des Progressionsvorbehalts auf Gewinnanteile ist R 4.1 Abs. 4 entsprechend anzuwenden (→ BFH vom 22.5.1991 – BStBl. 1992 II S. 94).
  - Ist die Personengesellschaft zur Buchführung und zur Aufstellung von Abschlüssen verpflichtet oder tut sie dies freiwillig, steht dem Mitunternehmer für die inländische Gewinnermittlung kein eigenes Wahlrecht zu, seinen Gewinn durch Einnahmenüberschussrechnung zu ermitteln (→ BFH vom 25.6.2014 – BStBl. 2015 II S. 141).[1)]
- Bei Handelsschiffen im internationalen Verkehr: → BMF vom 12.6.2002 (BStBl. I S. 614) unter Berücksichtigung der Änderungen durch BMF vom 31.10.2008 (BStBl. I S. 956) und vom 10.9.2013 (BStBl. I S. 1152).
- Bei Land- und Forstwirtschaft:
  - → R 13.5;
  - → Buchführung in land- und forstwirtschaftlichen Betrieben → BMF vom 15.12.1981 (BStBl. I S. 878).

---

1) Bestätigt durch BFH v. 10.12.2014 I R 3/13, BFH/NV 2015, 667; s. auch BFH v. 12.9.2018 I B 15/18, BFH/NV 2022, 8.

Gewinnschätzung.

- Bei einem gewerblichen Betrieb, für den keine Buchführungspflicht besteht, für den freiwillig keine Bücher geführt werden und für den nicht festgestellt werden kann, dass der Stpfl. die Gewinnermittlung nach § 4 Abs. 3 EStG gewählt hat (→ BFH vom 30.9.1980 – BStBl. 1981 II S. 301), ist der Gewinn nach § 4 Abs. 1 EStG unter Berücksichtigung der Verhältnisse des Einzelfalles, unter Umständen unter Anwendung von Richtsätzen,[1] zu schätzen. Hat der Stpfl. dagegen für den Betrieb zulässigerweise die Gewinnermittlung nach § 4 Abs. 3 EStG gewählt, ist auch eine Gewinnschätzung in dieser Gewinnermittlungsart durchzuführen (→ BFH vom 2.3.1982 – BStBl. 1984 II S. 504);
- bei abweichendem Wj. → R 4a Abs. 4;
- bei einem Freiberufler, der seinen Gewinn für ein vom Kj. abweichendes Wj. ermittelt hat, → H 4a (Freiberufler).

R 4.2 Betriebsvermögen

Allgemeines

(1) [1]Wirtschaftsgüter, die ausschließlich und unmittelbar für eigenbetriebliche Zwecke des Stpfl. genutzt werden oder dazu bestimmt sind, sind **notwendiges Betriebsvermögen.** [2]Eigenbetrieblich genutzte Wirtschaftsgüter sind auch dann notwendiges Betriebsvermögen, wenn sie nicht in der Buchführung und in den Bilanzen ausgewiesen sind. [3]Wirtschaftsgüter, die in einem gewissen objektiven Zusammenhang mit dem Betrieb stehen und ihn zu fördern bestimmt und geeignet sind, können – bei Gewinnermittlung durch Betriebsvermögensvergleich (→ R 4.1) oder durch Einnahmenüberschussrechnung (→ R 4.5) – als **gewillkürtes Betriebsvermögen** behandelt werden. [4]Wirtschaftsgüter, die nicht Grundstücke oder Grundstücksteile sind und die zu mehr als 50% eigenbetrieblich genutzt werden, sind in vollem Umfang notwendiges Betriebsvermögen. [5]Werden sie zu mehr als 90% privat genutzt, gehören sie in vollem Umfang zum notwendigen Privatvermögen. [6]Bei einer betrieblichen Nutzung von mindestens 10% bis zu 50% ist eine Zuordnung dieser Wirtschaftsgüter zum gewillkürten Betriebsvermögen in vollem Umfang möglich. [7]Wird ein Wirtschaftsgut in mehreren Betrieben des Stpfl. genutzt, ist die gesamte eigenbetriebliche Nutzung maßgebend.

H 4.2 (1)

Anwartschaften auf Hinterbliebenenversorgung bei Betriebsaufspaltung. Im Fall einer Betriebsaufspaltung sind Anwartschaften auf Hinterbliebenenversorgung, die auf einer dem Geschäftsführer der Betriebs-Kapitalgesellschaft erteilten Pensionszusage beruhen, im Besitzunternehmen auch dann nicht bereits während der Anwartschaftszeit zu aktivieren, wenn in der Betriebs-Kapitalgesellschaft die Zuführungsbeträge zur Pensionsrückstellung, soweit sie auf die Hinterbliebenenversorgung entfallen, als verdeckte Gewinnausschüttung zu beurteilen sind (→ BFH vom 23.3.2011 – BStBl. 2012 II S. 188).

---

[1] Siehe zuletzt BMF v. 20.1.2021, BStBl. I 2021, 198, v. 20.12.2021, BStBl. I 2022, 4.

Land- und forstwirtschaftlicher Betrieb.
- Erwirbt ein Landwirt einen langfristig verpachteten landwirtschaftlichen Betrieb in der erkennbaren Absicht, die Bewirtschaftung dieses Betriebes alsbald zu übernehmen, entsteht vom Erwerb an notwendiges Betriebsvermögen, wenn der Bewirtschaftungswille sich auch in einem überschaubaren Zeitraum verwirklichen lässt (→ BFH vom 12.9.1991 – BStBl. 1992 II S. 134).[1]
- Eine vom Verpächter hinzuerworbene landwirtschaftliche Nutzfläche wird notwendiges Betriebsvermögen des verpachteten Betriebs, wenn sie nach dem Erwerb in das Pachtverhältnis einbezogen wird, und zwar selbst dann, wenn sie im Zeitpunkt des Erwerbs noch anderweitig verpachtet war (→ BFH vom 24.9.1998 – BStBl. 1999 II S. 55).[2]
- Zum Vorliegen eines Forstbetriebs oder Forstteilbetriebs und zur Betriebsvermögenseigenschaft von forstwirtschaftlichen Flächen → BMF vom 18.5.2018 (BStBl. I S. 689).

Miteigentum. Gehört ein Grundstück nur teilweise dem Betriebsinhaber, kann es nur insoweit Betriebsvermögen sein, als es dem Betriebsinhaber gehört; das gilt auch dann, wenn ein Grundstück Ehegatten gemeinsam gehört (→ BFH vom 23.11.1995 – BStBl. 1996 II S. 193).

Rettung einer betrieblichen Forderung. Ein Grundstück, das zur Rettung einer betrieblichen Forderung ersteigert wird, ist notwendiges Betriebsvermögen (→ BFH vom 11.11.1987 – BStBl. 1988 II S. 424).

Umlegungsverfahren. Die Betriebsvermögenseigenschaft eines in das Umlegungsverfahren eingebrachten Grundstücks setzt sich nur insoweit an dem zugeteilten Grundstück fort, als dieses in Erfüllung des Sollanspruchs gem. § 56 Abs. 1 Satz 1 BauGB zugeteilt wird. Die Zuordnung des den Sollanspruch übersteigenden ideellen Teils des Grundstücks zum Betriebs- oder Privatvermögen ist eigenständig nach den allgemeinen Grundsätzen zu beurteilen (→ BFH vom 23.9.2009 – BStBl. 2010 II S. 270).

Vermietung an Arbeitnehmer. Grundstücke, die an Arbeitnehmer vermietet werden, sind notwendiges Betriebsvermögen des Arbeitgebers, wenn für die Vermietung gerade an Arbeitnehmer betriebliche Gründe maßgebend waren (→ BFH vom 1.12.1976 – BStBl. 1977 II S. 315).

Zeitpunkt der erstmaligen Zugehörigkeit zum Betriebsvermögen. Eigenbetrieblich genutzte Grundstücke und Grundstücksteile sind ab ihrer endgültigen Funktionszuweisung notwendiges Betriebsvermögen, auch wenn der konkrete Einsatz im Betrieb erst in der Zukunft liegt; das gilt auch dann, wenn es an einer Willenserklärung des Stpfl. oder eines Ausweises in der Buchführung und in den Bilanzen fehlt (→ BFH vom 6.3.1991 – BStBl. II S. 829).

R 4.2 (8)

Grundstücksteile von untergeordnetem Wert

(8) [1]Eigenbetrieblich genutzte Grundstücksteile brauchen nicht als Betriebsvermögen behandelt zu werden, wenn ihr Wert nicht mehr als ein Fünf-

---

[1] Siehe auch BFH v. 17.6.1993 IV R 110/91, BStBl. II 1993, 752.
[2] Siehe auch BFH v. 19.12.2019 VI R 53/16, BStBl. II 2021, 427.

tel des gemeinen Werts des gesamten Grundstücks und nicht mehr als 20 500 Euro beträgt (§ 8 EStDV). [2]Dabei ist auf den Wert des Gebäudeteiles zuzüglich des dazugehörenden Grund und Bodens abzustellen. [3]Bei der Prüfung, ob der Wert eines Grundstücksteiles mehr als ein Fünftel des Werts des ganzen Grundstücks beträgt, ist in der Regel das Verhältnis der Nutzflächen zueinander zugrunde zu legen. [4]Ein Grundstücksteil ist mehr als 20 500 Euro wert, wenn der Teil des gemeinen Werts des ganzen Grundstücks, der nach dem Verhältnis der Nutzflächen zueinander auf den Grundstücksteil entfällt, 20 500 Euro übersteigt. [5]Führt der Ansatz der Nutzflächen zu einem unangemessenen Wertverhältnis der beiden Grundstücksteile, ist bei ihrer Wertermittlung anstelle der Nutzflächen der Rauminhalt oder ein anderer im Einzelfall zu einem angemessenen Ergebnis führender Maßstab zugrunde zu legen. [6]Sind → Zubehörräume (Nebenräume) vorhanden, kann der Stpfl. die Auftei-lung auch nach dem Verhältnis der Haupträume vornehmen. [7]Beträgt der Wert eines eigenbetrieblich genutzten Grundstücksteiles nicht mehr als ein Fünftel des gesamten Grundstückswerts und nicht mehr als 20 500 Euro, besteht ein Wahlrecht, den Grundstücksteil weiterhin als Betriebsvermögen zu behandeln oder zum Teilwert zu entnehmen. [8]Zur Berücksichtigung von Betriebsausgaben, wenn der Grundstücksteil zu Recht nicht als Betriebsvermögen behandelt wird → R 4.7 Abs. 2 Satz 4.

H 4.2 (8)

Einlage des Grundstücksteils im Zeitpunkt des Überschreitens der absoluten Wertgrenze. → BFH vom 21.7.1967 (BStBl. III S. 752).

Zubehörräume

– i. S. d. § 2 Abs. 3 Nr. 1 WoFlV[1] brauchen in die Berechnung des eigenbetrieblich genutzten Anteils nicht einbezogen zu werden (→ BFH vom 21.2.1990 – BStBl. II S. 578).[2]
– → H 4.7 (Nebenräume).

R 4.2 (9)

Grundstücke und Grundstücksteile als gewillkürtes Betriebsvermögen

(9) [1]Grundstücke oder Grundstücksteile, die nicht eigenbetrieblich genutzt werden und weder eigenen Wohnzwecken dienen, noch Dritten zu Wohnzwecken unentgeltlich überlassen sind, sondern z. B. zu Wohnzwecken oder zur gewerblichen Nutzung an Dritte vermietet sind, können als gewillkürtes Betriebsvermögen behandelt werden, wenn die Grundstücke oder die Grundstücksteile in einem gewissen objektiven Zusammenhang mit dem Betrieb stehen und ihn zu fördern bestimmt und geeignet sind. [2]Wegen dieser Voraussetzungen bestehen für den Ansatz von Wirtschaftsgütern als **gewillkürtes Betriebsvermögen** Einschränkungen, die sich nicht nur aus den Besonderheiten des einzelnen Betriebs, sondern auch aus der jeweiligen Einkunftsart ergeben können. [3]Daher können Land- und Forstwirte Mietwohn- und Ge-

---

[1] **Steuergesetze** Nr. **444**.
[2] Ergänzend siehe BFH v. 5.9.1990 X R 3/89, BStBl. II 1991, 389.

schafter aber Zinsen für fortbestehende Gesellschaftsverbindlichkeiten, so muss er sich nicht entgegenhalten lassen, dass er die Aktivwerte seines Sonderbetriebsvermögens zur Tilgung dieser Verbindlichkeiten hätte einsetzen können (→ BFH vom 13.2.1996 – BStBl. II S. 291).

Betriebsschuld.

- Eine Verbindlichkeit gehört zum Betriebsvermögen, wenn sie durch den Betrieb veranlasst ist (Betriebsschuld). Für die Bestimmung des Veranlassungszusammenhangs ist allein die Verwendung der aufgenommenen Mittel ausschlaggebend. Eine für Betriebszwecke aufgenommene Verbindlichkeit ist unabhängig davon eine Betriebsschuld, ob der Stpfl. die fremdfinanzierten betrieblichen Aufwendungen auch durch eigene Mittel hätte bestreiten können oder ob der Betrieb über aktives Betriebsvermögen oder stille Reserven verfügt. Die betriebliche Veranlassung einer Verbindlichkeit wird nicht dadurch berührt, dass der betriebliche Fremdmittelbedarf auf Entnahmen beruht; → aber Finanzierung von Entnahmen. Eine Verbindlichkeit ist aber nicht deshalb eine Betriebsschuld, weil Eigenmittel für betriebliche Zwecke eingesetzt worden sind und aus diesem Grunde Fremdmittel für private Zwecke aufgenommen werden mussten; → Umschuldung Privatschuld in Betriebsschuld (→ BFH vom 8.12.1997 – BStBl. 1998 II S. 193).
- Werden die von einem Versicherungsmakler für Rechnung der Versicherungsgesellschaften vereinnahmten Versicherungsbeiträge (durchlaufende Posten) abredewidrig für private Zwecke verwendet und damit dessen Betriebsvermögen entzogen, werden zugleich die Auskehrungsverbindlichkeiten in Privatschulden umqualifiziert (→ BFH vom 15.5.2008 – BStBl. II S. 715).

Finanzierung von Entnahmen. Werden Fremdmittel nicht zur Finanzierung betrieblicher Aufwendungen, sondern tatsächlich zur Finanzierung einer Entnahme aufgenommen, liegt keine Betriebsschuld vor. Ein solcher Fall ist gegeben, wenn dem Betrieb keine entnahmefähigen Barmittel zur Verfügung stehen und die Entnahme erst dadurch möglich wird, dass Fremdmittel in das Unternehmen fließen. Unerheblich ist, ob die Fremdmittel einem betrieblichen Konto zufließen, von welchem zuvor wegen fehlender Barmittel mit schulderhöhender Wirkung aus privaten Gründen Beträge abgebucht wurden (→ BFH vom 8.12.1997 – BStBl. 1998 II S. 193).

Fortfall der Rentenverpflichtung. Der Wegfall einer zum Erwerb eines betrieblichen Grundstücks eingegangenen Rentenverpflichtung infolge des Todes des Rentenberechtigten führt zu ihrer erfolgswirksamen Ausbuchung in der Bilanz zum Ende des betreffenden Wj. Das gilt auch, wenn die Rentenverpflichtung in früheren Wj. im Rahmen einer Bilanzberichtigung erfolgsneutral eingebucht worden ist (→ BFH vom 26.6.1996 – BStBl. II S. 601).

Gemischt genutztes Grundstück. Wird durch einheitlichen Kaufvertrag ein gemischt genutztes Grundstück erworben und die Kaufpreisschuld teils mit Fremd-, teils mit Eigenmitteln beglichen, ohne dass eine Zuordnung der Finanzierungsmittel erfolgt, sind die Zinszahlungen nur im Verhältnis des betrieblich zum privat genutzten Anteil als Betriebsausgabe abziehbar.

Keine vorrangige Tilgung des privat veranlassten Teils (→ BFH vom 7.11.1991 – BStBl. 1992 II S. 141). Im Falle einer Zuordnung der Finanzierungsmittel gelten die Grundsätze des BMF-Schreibens vom 16.4.2004 (BStBl. I S. 464) entsprechend für Grundstücke, die teilweise betrieblich und privat genutzt werden.

Optionsprämie. Für die Verpflichtung des Veräußerers einer Option (Stillhalter), auf Verlangen des Optionsberechtigten innerhalb der Optionsfrist den Optionsgegenstand zu verkaufen oder zu kaufen (Call/Put-Option), ist eine Verbindlichkeit in Höhe der dafür vereinnahmten Prämie auszuweisen; die Verbindlichkeit ist erst bei Ausübung oder Verfall der Option auszubuchen. Für das die Höhe der Optionsprämie übersteigende Risiko darf nach § 5 Abs. 4a Satz 1 EStG keine Rückstellung für drohende Verluste gebildet werden (→ BMF vom 12.1.2004 – BStBl. I S. 192).

Passivierungsverbot nach § 5 Abs. 2a EStG. → H 5.1.

Rangrücktrittsvereinbarungen. Zur Passivierung von Verbindlichkeiten bei Vereinbarung eines einfachen oder qualifizierten Rangrücktritts → BMF vom 8.9.2006 (BStBl. I S. 497).[1]

Rückverkaufsoption. Zur bilanzsteuerrechtlichen Beurteilung der Rückverkaufsoption im Kfz-Handel → BMF vom 12.10.2011 (BStBl. I S. 967).

Schadensersatz für GmbH-Verbindlichkeiten.

- Wird der Gesellschafter einer vermögenslosen GmbH für deren Verbindlichkeiten im Wege des Durchgriffs in Anspruch genommen, sind die Verbindlichkeiten in seinem Einzelunternehmen Gewinn mindernd zu passivieren, wenn seine zum Ersatz verpflichtende Handlung dessen Betriebseinnahmen erhöhte (→ BFH vom 6.3.2003 – BStBl. II S. 658).
- → H 6.2 (Beteiligung an einer Kapitalgesellschaft).

Schuldzinsenabzug nach § 4 Abs. 4a EStG.[2]

- → *BMF vom 2.11.2018 (BStBl. I S. 1207) unter Berücksichtigung der Änderungen durch BMF vom 18.1.2021 (BStBl. I S. 119);*[3]
- → BMF vom 12.6.2006 (BStBl. I S. 416) zur Berücksichtigung von vor dem 1.1.1999 entstandenen Unterentnahmen.

Sekundärfolgenrechtsprechung. → H 4.7 (Schuldzinsen).

Umsatzsteuer. Zu Unrecht ausgewiesene Umsatzsteuer ist, wenn keine Steuerhinterziehung vorliegt, in dem Jahr zu passivieren, in dem sie durch den Ausweis in der Rechnung entstanden ist (→ BFH vom 15.3.2012 – BStBl. II S. 719).

Umschuldung Privatschuld in Betriebsschuld. Werden Eigenmittel für betriebliche Zwecke und deshalb Fremdmittel für private Zwecke verwendet, begründet die Fremdmittelaufnahme keine Betriebsschuld. Ein privates

---

[1] Siehe auch BFH v. 30.11.2011 I R 100/10, BStBl. II 2012, 332, v. 15.4.2015 I R 44/14, BStBl. II 2015, 769, und v. 19.8.2020 XI R 32/18, BStBl. II 2021, 279.

[2] Zu einer kurzfristigen Einlage als Gestaltungsmissbrauch siehe BFH v. 21.8.2012 VIII R 32/09, BStBl. II 2013, 16.

[3] Geänd. durch BMF v. 5.11.2021, BGBl. I 2021, 2211.

solche Nutzungsänderung allein keine Entnahme darstellt (→ BFH vom 21.8.2012 – BStBl. 2013 II S. 117).

Nutzungsentnahme.

- Grundstücke oder Grundstücksteile → BFH vom 11.11.1988 (BStBl. 1989 II S. 872) und → H 4.7 (Teilentgeltliche Überlassung).
- Betrieblicher Pkw bei Unfall auf Privatfahrt → BFH vom 24.5.1989 (BStBl. 1990 II S. 8); → R 4.7 Abs. 1 Satz 3 bis 5.
- Betrieblicher Pkw bei Diebstahl auf Privatfahrt → BFH vom 18.4.2007 (BStBl. II S. 762); → Private Kraftfahrzeugnutzung.

Personengesellschaften.

- Die Übertragung eines Einzelwirtschaftsguts aus dem betrieblichen Gesamthandsvermögen einer Personengesellschaft oder anderen Gesamthandsgemeinschaft in das Privatvermögen eines Gesellschafters gegen Minderung von Gesellschaftsrechten stellt keine Entnahme, sondern einen tauschähnlichen Vorgang dar (→ BMF vom 29.3.2000 – BStBl. I S. 462 und vom 11.7.2011 – BStBl. I S. 713 unter Berücksichtigung BMF vom 26.7.2016 – BStBl. I S. 684).
- Eine (anteilige) Entnahme liegt nicht vor, wenn ein Wirtschaftsgut des Gesamthandsvermögens einer Personengesellschaft zu fremdüblichen Bedingungen an einen Gesellschafter veräußert wird (→ BFH vom 28.7. 1998 – BStBl. 1999 II S. 53).
- Eine Entnahme liegt vor, wenn ein zum Gesamthandsvermögen einer Personengesellschaft gehörendes Betriebsgrundstück durch einen oder mehrere Gesellschafter mit Zustimmung der Gesellschaft für private Wohnzwecke des oder der Gesellschafter bebaut wird (→ BFH vom 30.6.1987 – BStBl. 1988 II S. 418). Eine Entnahme des Grundstücks liegt dagegen nicht vor, wenn der Gesellschafter ein der Personengesellschaft gehörendes Grundstück für private Zwecke bebaut und nachfolgend zu fremdüblichen Bedingungen erwirbt (→ BFH vom 28.7.1998 – BStBl. 1999 II S. 53).
- Wird ein Wirtschaftsgut aus dem Gesamthandsvermögen einer Personengesellschaft mit Zustimmung aller Gesellschafter derart entnommen, dass es Eigentum nur eines Gesellschafters wird, wird der Entnahmegewinn allen Gesellschaftern zugerechnet, falls die stillen Reserven dem begünstigten Gesellschafter geschenkt worden sind (→ BFH vom 28.9.1995 – BStBl. 1996 II S. 276).
- Gewährt eine Personengesellschaft einem Gesellschafter ein Darlehen ohne betriebliche Veranlassung, gehört dieses Darlehen privatrechtlich weiter zum Gesamthandsvermögen. Da das Darlehen steuerlich nicht zum Betriebsvermögen gehört, ist es als Entnahme zu behandeln, die allen Gesellschaftern anteilig unter Minderung ihrer Kapitalkonten zuzurechnen ist (→ BFH vom 9.5.1996 – BStBl. II S. 642). Eine Entnahme und kein Darlehen liegt auch vor, wenn neben dem festen Kapitalkonto lediglich ein weiteres Konto zur Erfassung von Gewinnen, Einlagen und Entnahmen der Gesellschafter geführt wird, auf dem auch Verluste verbucht werden (→ BFH vom 27.6.1996 – BStBl. 1997 II S. 36).
- Werden die Mittel zur Begleichung der Beiträge zu einer Lebensversicherung von der Personengesellschaft dem Gesellschafter in Form eines Darlehens überlassen und dient die Versicherungsprämie der Absicherung

von Verbindlichkeiten der Personengesellschaft, kann eine betriebliche Veranlassung für die Darlehensgewährung vorliegen, auch wenn der Versicherungsanspruch selbst nicht Betriebsvermögen ist (→ BFH vom 16.10.2014 – BStBl. 2015 II S. 267).

Private Kraftfahrzeugnutzung.

- Ertragsteuerliche Erfassung der Nutzung eines betrieblichen Kraftfahrzeugs zu Privatfahrten, zu Fahrten zwischen Wohnung und Betriebsstätte sowie zu Familienheimfahrten nach § 4 Abs. 5 Satz 1 Nr. 6 und § 6 Abs. 1 Nr. 4 Satz 1 bis 3 EStG (→ BMF vom 18.11.2009 – BStBl. I S. 1326 unter Berücksichtigung der Änderungen durch BMF vom 15.11.2012 – BStBl. I S. 1099).
- Nutzung eines betrieblichen Kraftfahrzeugs für private Fahrten, Fahrten zwischen Wohnung und Betriebsstätte/erster Tätigkeitsstätte und Familienheimfahrten; Nutzung von Elektro- und Hybridelektrofahrzeugen *(→ BMF vom 5.6.2014 – BStBl. I S. 835).*[1]
- Zerstörung eines betrieblichen Kraftfahrzeugs anlässlich einer Privatfahrt → BFH vom 24.5.1989 (BStBl. 1990 II S. 8) und R 4.7 Abs. 1 Satz 3 bis 5.
- Wird der zum Betriebsvermögen gehörende Pkw während einer privat veranlassten Nutzung gestohlen, ist der Vermögensverlust nicht gewinnmindernd zu berücksichtigen (→ BFH vom 18.4.2007 – BStBl. II S. 762).
- → Nutzungsänderung.

Schenkung.

- Bei der schenkweisen Übertragung eines Wirtschaftsguts fehlt es an einer → Entnahmehandlung, wenn der Stpfl. wirtschaftlicher Eigentümer bleibt (→ BFH vom 5.5.1983 – BStBl. II S. 631).
- → Personengesellschaften.

Verlagswert.

- Entnahme als Einzelwirtschaftsgut möglich (→ BFH vom 24.11.1982 – BStBl. 1983 II S. 113).
- → Geschäfts- oder Firmenwert.

Verlustdeckung bei einer Schwester-KG. Die Gewinnverwendung zur Deckung des Verlusts einer Schwester-KG ist eine Entnahme (→ BFH vom 26.1.1995 – BStBl. II S. 589).

Vorbehaltsnießbrauch.

- Wird ein Wirtschaftgut aus außerbetrieblichen Gründen einem Dritten unter Vorbehalt des Nießbrauchs unentgeltlich übereignet und auf Grund des Nießbrauchsrechts weiterhin betrieblich genutzt, wird das Wirtschaftsgut insgesamt entnommen, nicht nur ein um den Wert des Nießbrauchs geminderter Teil des Wirtschaftsguts (→ BFH vom 28.2.1974 – BStBl. II S. 481, vom 2.8.1983 – BStBl. II S. 735 und vom 8.12.1983 – BStBl. 1984 II S. 202).
- → Nutzungsentnahme.

Wettbewerbsverbot. Wird der Gesellschafter einer Personengesellschaft oder der Gesellschafter-Geschäftsführer ihrer Komplementär-GmbH im Handelszweig der Personengesellschaft tätig, kann dadurch ein Schadensersatzan-

[1] Siehe jetzt BMF v. 5.11.2021, BStBl. I 2021, 2205, mit Anwendungsregelungen in Tz. 5.

rung der Schätzungsmethode, wie z. B. durch Anlehnung an die Richtsatzsammlung[1] oder anhand von Erfahrungswerten der Finanzverwaltung bezüglich bestimmten Aufwandes, bestehen. Die geltend gemachten Betriebsausgaben sind um angemessene Unsicherheitsabschläge zu kürzen. Nach der Schätzung ist zu prüfen, ob und inwieweit die fehlende Benennung der Zahlungsempfänger gem. § 160 AO dem Abzug der geschätzten Ausgaben entgegensteht (→ BFH vom 24.6.1997 – BStBl. 1998 II S. 51).
– → Verhältnis von Betriebsausgaben und Werbungskostenpauschale.

Schuldzinsen.
– Schuldzinsenabzug nach § 4 Abs. 4a EStG, → BMF vom 2.11.2018 (BStBl. I S. 1207) unter Berücksichtigung der Änderungen durch BMF vom 18.1.2021 (BStBl. I S. 119); → BMF vom 12.6.2006 (BStBl. I S. 416) zur Berücksichtigung von vor dem 1.1.1999 entstandenen Unterentnahmen.
– Schuldzinsen aus der Finanzierung von
  • Pflichtteilsverbindlichkeiten,
  • Vermächtnisschulden,
  • Erbersatzverbindlichkeiten,
  • Zugewinnausgleichsschulden,
  • Abfindungsschulden nach der Höfeordnung,
  • Abfindungsschulden im Zusammenhang mit der Vererbung eines Anteils an einer Personengesellschaft im Wege der qualifizierten Nachfolgeklausel oder im Wege der qualifizierten Eintrittsklausel,

  dürfen nicht als Betriebsausgaben oder Werbungskosten abgezogen werden (→ BMF vom 11.8.1994 – BStBl. I S. 603).
– → H 4.2 (15) (Betriebsschuld).

Sonderbetriebseinnahmen und -ausgaben.
– Erträge und Aufwendungen des Gesellschafters einer in § 15 Abs. 1 Satz 1 Nr. 2 EStG genannten Personengesellschaft, die durch seine Beteiligung an der Gesellschaft veranlasst sind, sind bei ihm als Sonderbetriebseinnahmen oder -ausgaben zu erfassen und müssen auch Eingang in die einheitliche Gewinnfeststellung finden. Von Sonderbetriebsausgaben, die den Gewinnanteil des Gesellschafters mindern, sind die Betriebsausgaben abzugrenzen, die nur den Gewinn des eigenen Gewerbebetriebs des Gesellschafters mindern, z. B. eigene Rechts- und Beratungskosten (→ BFH vom 18.5.1995 – BStBl. 1996 II S. 295).
– Schuldzinsen für vom Gesellschafter übernommene Darlehensschulden der Mitunternehmerschaft sind als Sonderbetriebsausgaben des Gesellschafters abziehbar, wenn mit der Schuldübernahme eine vom Gesellschafter zu erbringende Einlageverpflichtung erfüllt wird. Wird eine andere Verpflichtung durch die Schuldübernahme erfüllt, liegen Sonderbetriebsausgaben vor, wenn mit der Schuldübernahme eine das Sonder-

[1] Siehe zuletzt BMF v. 20.1.2021, BStBl. I 2021, 198, für das Kj. 2019, BMF v. 20.12.2021, BStBl. I 2022, 4, für das Kj. 2020.

betriebsvermögen betreffende Verbindlichkeit des Gesellschafters erfüllt wird (→ BFH vom 28.10.1999 – BStBl. 2000 II S. 390).
- Die Berücksichtigung von Gewinnanteilen eines Unterbeteiligten als Sonderbetriebsausgaben des Hauptbeteiligten setzt voraus, dass der Unterbeteiligte eine Einlage leistet (→ BFH vom 7.11.2018 – BStBl. 2019 II S. 224).
- → H 15.8 (3) (Tätigkeitsvergütungen).
- → Eigenprovisionen.

Sponsoring.[1] → BMF vom 18.2.1998 (BStBl. I S. 212).

Steuerberatungskosten. Zuordnung der Steuerberatungskosten zu den Betriebsausgaben, Werbungskosten oder Kosten der Lebensführung → BMF vom 21.12.2007 (BStBl. 2008 I S. 256).

Technische Sicherheitseinrichtung – TSE. Aus Vereinfachungsgründen wird es nicht beanstandet, wenn die Kosten für die nachträgliche erstmalige Ausrüstung bestehender Kassen mit einer TSE und die Kosten für die erstmalige Implementierung der einheitlichen digitalen Schnittstelle eines bestehenden elektronischen Aufzeichnungssystems in voller Höhe sofort als Betriebsausgaben abgezogen werden (→ BMF vom 21.8.2020 – BStBl. I S. 1047).

Teilentgeltliche Überlassung. Die teilentgeltliche Überlassung von Grundstücken oder Grundstücksteilen aus außerbetrieblichen Gründen ist als Nutzungsentnahme zu behandeln (→ BFH vom 24.3.2011 – BStBl. II S. 692).

Unentgeltliche Übertragung eines Grundstücks oder Grundstücksteils an eine betriebsfremde Person unter Vorbehalt eines Nutzungsrechts für betriebliche Zwecke. Aufwendungen des Stpfl. im Zusammenhang mit dem betrieblich genutzten Grundstück oder Grundstücksteil sind Betriebsausgaben (→ BFH vom 26.10.1987 – BStBl. 1988 II S. 348); hierzu gehört auch die AfA auf Anschaffungs- oder Herstellungskosten, die der Stpfl. selbst getragen hat (→ BFH vom 16.12.1988 – BStBl. 1989 II S. 763 und vom 20.9.1989 – BStBl. 1990 II S. 368); Bemessungsgrundlage für die künftige AfA ist der Entnahmewert (Teilwert/Buchwert → R 7.3 Abs. 6, R 7.4 Abs. 11; → BFH vom 20.9.1989 – BStBl. 1990 II S. 368).

Veräußerung eines zum Betriebsvermögen gehörenden auch privat genutzten Wirtschaftsguts. Wird ein zum Betriebsvermögen gehörendes Wirtschaftsgut, das teilweise privat genutzt worden ist, veräußert, ist der gesamte Veräußerungserlös Betriebseinnahme (→ BFH vom 24.9.1959 – BStBl. III S. 466).[2]

Verhältnis von Betriebsausgaben und Werbungskostenpauschale. Aufwendungen für unterschiedliche Einkunftsarten sind – ggf. im Schätzungswege – in Betriebsausgaben und Werbungskosten aufzuteilen und den jeweiligen Einkunftsarten, durch die sie veranlasst sind, zuzuordnen. Der Stpfl. kann keine beliebige Bestimmung treffen und neben der Werbungskostenpauschale sämtliche nachgewiesenen Aufwendungen als Betriebsausgaben geltend machen (→ BFH vom 10.6.2008 – BStBl. II S. 937).

---

[1] Siehe auch BFH v. 14.7.2020 VIII R 28/17, BStBl. II 2021, 14.

[2] Siehe auch BFH v. 16.6.2020 VIII R 9/18, BStBl. II 2020, 845 (teilweise privat genutztes Kfz).

Veruntreute Betriebseinnahmen.

- Veruntreut ein Gesellschafter Betriebseinnahmen der Personengesellschaft, indem er veranlasst, dass in Kundenrechnungen der Gesellschaft ein Konto angegeben wird, von dem die übrigen Gesellschafter keine Kenntnis haben, und verwendet er anschließend die dortigen Zahlungseingänge für private Zwecke, ist die nach Aufdeckung des Vorgangs an die Mitgesellschafter geleistete Ausgleichszahlung nicht betrieblich veranlasst, wenn Inhaber des Kontos die Gesellschaft ist, die Zahlungseingänge als Betriebseinnahme der Gesellschaft behandelt werden und der Gewinn nach dem allgemeinen Schlüssel verteilt wird. Eine betriebliche Veranlassung liegt vor, wenn die veruntreuten Gelder dem Gesellschafter allein als Einkünfte zugerechnet worden sind (→ BFH vom 8.6.2000 – BStBl. II S. 670).
- Entgehen der Gesellschaft Einnahmen, weil ein Mitunternehmer die der Gesellschaft zustehenden Einnahmen auf ein eigenes Konto leitet, handelt es sich bei den Einnahmen um Sonderbetriebseinnahmen des ungetreuen Mitunternehmers (→ BFH vom 22.6.2006 – BStBl. II S. 838).
- Unberechtigte Entnahmen führen beim ungetreuen Gesellschafter, anders als im Fall der Umleitung von der Gesellschaft zustehenden Betriebseinnahmen auf das eigene Konto, nicht zu Betriebseinnahmen (→ BFH vom 14.12.2000 – BStBl. 2001 II S. 238).

VIP-Logen.

- Aufwendungen für VIP-Logen in Sportstätten → BMF vom 22.8.2005 (BStBl. I S. 845) unter Berücksichtigung der Änderungen durch BMF vom 19.5.2015 (BStBl. I S. 468), Rz. 15.
- Anwendung der Vereinfachungsregelungen auf ähnliche Sachverhalte → BMF vom 11.7.2006 (BStBl. I S. 447) unter Berücksichtigung der Änderungen durch BMF vom 19.5.2015 (BStBl. I S. 468), Rz. 15.

Vorweggenommene Betriebsausgaben

- sind abziehbar bei ausreichend bestimmbarem Zusammenhang zwischen den Aufwendungen und der Einkunftsart (→ BFH vom 15.4.1992 – BStBl. II S. 819); die Zahlung einer in einem Ausbildungsverhältnis begründeten Vertragsstrafe kann zu Betriebsausgaben führen (→ BFH vom 22.6.2006 – BStBl. 2007 II S. 4),
- bei Aufwendungen für eine berufliche Fort- und Weiterbildung → BMF vom 22.9.2010 (BStBl. I S. 721),
- bei vergeblicher Investition in ein betrügerisches Modell über den Erwerb von tatsächlich nicht existierenden Blockheizkraftwerken → BFH vom 7.2.2018 (BStBl. II S. 630).

Wahlkampfkosten eines Bewerbers um ein ehrenamtliches Stadtratsmandat, aus dem Einkünfte i. S. d. § 18 Abs. 1 Nr. 3 EStG bezogen werden, können als Betriebsausgaben abzugsfähig sein (→ BFH vom 25.1.1996 – BStBl. II S. 431).

Zwangsverwaltung. Zur Ermittlung der Einkünfte für den Zeitraum einer Zwangsverwaltung → BMF vom 3.5.2017 (BStBl. I S. 718), Rn. 28–32.

R 4.8 Rechtsverhältnisse zwischen Angehörigen

Arbeitsverhältnisse zwischen Ehegatten

(1) Arbeitsverhältnisse zwischen Ehegatten können steuerrechtlich nur anerkannt werden, wenn sie ernsthaft vereinbart und entsprechend der Vereinbarung tatsächlich durchgeführt werden.

Arbeitsverhältnisse mit Personengesellschaften

(2) [1] Für die einkommensteuerrechtliche Beurteilung des Arbeitsverhältnisses eines Ehegatten mit einer Personengesellschaft, die von dem anderen Ehegatten auf Grund seiner wirtschaftlichen Machtstellung beherrscht wird, z. B. in der Regel bei einer Beteiligung zu mehr als 50%, gelten die Grundsätze für die steuerliche Anerkennung von Ehegattenarbeitsverhältnissen im Allgemeinen entsprechend. [2] Beherrscht der Mitunternehmer-Ehegatte die Personengesellschaft nicht, kann allgemein davon ausgegangen werden, dass der mitarbeitende Ehegatte in der Gesellschaft die gleiche Stellung wie ein fremder Arbeitnehmer hat und das Arbeitsverhältnis deshalb steuerrechtlich anzuerkennen ist.

Arbeitsverhältnisse zwischen Eltern und Kindern

(3) [1] Für die bürgerlich-rechtliche Wirksamkeit eines Arbeits- oder Ausbildungsvertrages mit einem minderjährigen Kind ist die Bestellung eines Ergänzungspflegers nicht erforderlich. [2] Arbeitsverhältnisse mit Kindern unter 15 Jahren verstoßen jedoch im Allgemeinen gegen das Jugendarbeitsschutzgesetz;[1)] sie sind nichtig und können deshalb auch steuerrechtlich nicht anerkannt werden. [3] Die Gewährung freier Wohnung und Verpflegung kann als Teil der Arbeitsvergütung zu behandeln sein, wenn die Leistungen auf arbeitsvertraglichen Vereinbarungen beruhen.

H 4.8

Arbeitsverhältnisse mit Kindern.

- → Aushilfstätigkeiten von Kindern.
- Beruht die Mitarbeit von Kindern im elterlichen Betrieb auf einem Ausbildungs- oder Arbeitsverhältnis, so gelten für dessen steuerrechtliche Anerkennung den Ehegatten-Arbeitsverhältnissen entsprechende Grundsätze (→ BFH vom 10.3.1988 – BStBl. II S. 877 und vom 29.10.1997 – BStBl. 1998 II S. 149).
- → Bildungsaufwendungen für Kinder.
- Ein steuerrechtlich anzuerkennendes Arbeitsverhältnis bei Hilfeleistungen von Kindern im elterlichen Betrieb liegt nicht vor bei geringfügigen oder typischerweise privaten Verrichtungen (→ BFH vom 9.12.1993 – BStBl. 1994 II S. 298); → Gelegentliche Hilfeleistung.
- → Unterhalt.

Arbeitsverhältnisse zwischen Ehegatten.

- **Betriebliche Altersversorgung, Direktversicherung.** → H 4b (Arbeitnehmer-Ehegatten).

---

1) G v. 12.4.1976, BGBl. I 1976, 965, zuletzt geänd. durch G v. 16.7.2021, BGBl. I 2021, 2970 (**Arbeitsrecht I** Nr. **420**).

– **Der steuerrechtlichen Anerkennung eines Arbeitsverhältnisses steht entgegen:**
  - Arbeitnehmer-Ehegatte hebt monatlich vom betrieblichen Bankkonto des Arbeitgeber-Ehegatten einen größeren Geldbetrag ab und teilt diesen selbst auf in das benötigte Haushaltsgeld und den ihm zustehenden monatlichen Arbeitslohn (→ BFH vom 20.4.1989 – BStBl. II S. 655).
  - Fehlen einer Vereinbarung über die Höhe des Arbeitslohns (→ BFH vom 8.3.1962 – BStBl. III S. 218).
  - Langzeitige Nichtauszahlung des vereinbarten Arbeitslohns zum üblichen Zahlungszeitpunkt; stattdessen z. B. jährliche Einmalzahlung (→ BFH vom 14.10.1981 – BStBl. 1982 II S. 119). Das gilt auch dann, wenn das Arbeitsverhältnis bereits seit mehreren Jahren ordnungsgemäß durchgeführt wurde und im Veranlagungsjahr Lohnsteuer und Sozialabgaben abgeführt wurden (→ BFH vom 25.7.1991 – BStBl. II S. 842).
  - Wechselseitige Verpflichtung zur Arbeitsleistung; ein Arbeitsvertrag ist nicht durchführbar, wenn sich Ehegatten, die beide einen Betrieb unterhalten, wechselseitig verpflichten, mit ihrer vollen Arbeitskraft jeweils im Betrieb des anderen tätig zu sein. Wechselseitige Teilzeitarbeitsverträge können jedoch anerkannt werden, wenn die Vertragsgestaltungen insgesamt einem → Fremdvergleich standhalten (→ BFH vom 12.10.1988 – BStBl. 1989 II S. 354).
  - Die Überlassung eines Dienstwagens zur unbeschränkten und selbstbeteiligungsfreien Privatnutzung des Arbeitnehmer-Ehegatten im Rahmen eines geringfügigen Beschäftigungsverhältnisses i. S. d. § 8 Abs. 1 Nr. 1 SGB IV (→ BFH vom 10.10.2018 – BStBl. 2019 II S. 203).

– **Der steuerrechtlichen Anerkennung eines Arbeitsverhältnisses kann entgegenstehen:**
  - Arbeitslohnzahlung in Form von Schecks, die der Arbeitnehmer-Ehegatte regelmäßig auf das private Konto des Arbeitgeber-Ehegatten einzahlt (→ BFH vom 28.2.1990 – BStBl. II S. 548).
  - Überweisung des Arbeitsentgelts des Arbeitnehmer-Ehegatten auf ein Konto des Arbeitgeber-Ehegatten, über das dem Arbeitnehmer-Ehegatten nur ein Mitverfügungsrecht zusteht (→ BFH vom 24.3.1983 – BStBl. II S. 663), oder auf ein Bankkonto des Gesellschafterehegatten, über das dem Arbeitnehmer-Ehegatten nur ein Mitverfügungsrecht zusteht (→ BFH vom 20.10.1983 – BStBl. 1984 II S. 298).

– **Der steuerrechtlichen Anerkennung eines Arbeitsverhältnisses steht nicht entgegen:**
  - Darlehensgewährung des Arbeitnehmer-Ehegatten an den Arbeitgeber-Ehegatten in Höhe des Arbeitsentgelts ohne rechtliche Verpflichtung, nachdem dieses in die Verfügungsmacht des Arbeitnehmer-Ehegatten gelangt ist. Das gilt auch, wenn der Arbeitnehmer-Ehegatte jeweils im Fälligkeitszeitpunkt über den an ihn ausgezahlten Nettoarbeitslohn ausdrücklich dadurch verfügt, dass er den Auszahlungsanspruch in eine Darlehensforderung umwandelt (→ BFH vom 17.7.1984 – BStBl. 1986 II S. 48). Werden dagegen Arbeits- und Darlehensvereinbarungen von Ehegatten in einer Weise miteinander verknüpft, dass das Arbeitsentgelt ganz oder teilweise bereits als Darlehen behandelt wird, bevor es in die

Verfügungsmacht des Arbeitnehmer-Ehegatten gelangt ist, so ist zur Anerkennung des Arbeitsverhältnisses erforderlich, dass auch der Darlehensvertrag wie ein unter Fremden üblicher Vertrag mit eindeutigen Zins- und Rückzahlungsvereinbarungen abgeschlossen und durchgeführt wird (→ BFH vom 23.4.1975 – BStBl. II S. 579).

- Schenkung – Laufende Überweisung des Arbeitsentgelts auf ein Sparbuch des Arbeitnehmer-Ehegatten, von dem dieser ohne zeitlichen Zusammenhang mit den Lohnzahlungen größere Beträge abhebt und dem Arbeitgeber-Ehegatten schenkt (→ BFH vom 4.11.1986 – BStBl. 1987 II S. 336).
- Teilüberweisung des Arbeitsentgelts als vermögenswirksame Leistungen nach dem Vermögensbildungsgesetz auf Verlangen des Arbeitnehmer-Ehegatten auf ein Konto des Arbeitgeber-Ehegatten oder auf ein gemeinschaftliches Konto beider Ehegatten (→ BFH vom 19.9.1975 – BStBl. 1976 II S. 81).
- Überweisung des Arbeitsentgelts auf ein Bankkonto des Arbeitnehmer-Ehegatten, für das der Arbeitgeber-Ehegatte unbeschränkte Verfügungsvollmacht besitzt (→ BFH vom 16.1.1974 – BStBl. II S. 294).
- Vereinbartes Arbeitsentgelt ist unüblich niedrig, es sei denn, das Arbeitsentgelt ist so niedrig bemessen, dass es nicht mehr als Gegenleistung für eine begrenzte Tätigkeit des Arbeitnehmer-Ehegatten angesehen werden kann, weil ein rechtsgeschäftlicher Bindungswille fehlt (→ BFH vom 22.3.1990 – BStBl. II S. 776); → Gehaltsumwandlung, -verzicht.
- Zahlung des Arbeitsentgelts auf ein „Oder-Konto“ bei im Übrigen ernsthaft vereinbarten und tatsächlich durchgeführten Ehegatten-Arbeitsverhältnissen (→ BVerfG vom 7.11.1995 – BStBl. 1996 II S. 34).

– **Direktversicherung.** → H 4b (Arbeitnehmer-Ehegatten).

– **Gehaltsumwandlung, -verzicht.**

- Begnügt sich der Arbeitnehmer-Ehegatte mit unangemessen niedrigen Aktivbezügen, ist die Dienstleistung in einen entgeltlichen und einen unentgeltlichen Teil zu zerlegen. Betrieblich veranlasst ist nur der entgeltliche Teil. Verzichtet der Arbeitnehmer-Ehegatte ganz auf sein Arbeitsentgelt, ist von einer in vollem Umfang privat veranlassten familiären Mitarbeit auszugehen. Entsprechendes gilt, wenn ein Arbeitnehmer-Ehegatte ohne entsprechende Absicherung seines Anspruchs zugunsten eines erst viele Jahre später fällig werdenden Ruhegehalts auf seine Aktivbezüge verzichtet (→ BFH vom 25.7.1995 – BStBl. 1996 II S. 153).
- → BMF vom 9.1.1986 (BStBl. I S. 7).

– **Rückstellungen für Pensionsverpflichtungen.**

- Bei einer Pensionszusage an den Arbeitnehmer-Ehegatten, die an die Stelle einer fehlenden Anwartschaft aus der gesetzlichen Rentenversicherung getreten ist, können sich die Rückstellungsbeträge grundsätzlich nicht gewinnmindernd auswirken, soweit die Aufwendungen die wirtschaftliche Funktion der Arbeitnehmerbeiträge haben. Fiktive Arbeitgeberbeiträge in der Zeit zwischen dem Beginn des steuerrechtlich anerkannten Arbeitsverhältnisses und der Erteilung der Pensionszusage können nicht als Betriebsausgaben berücksichtigt werden (→ BFH vom 14.7.1989 – BStBl. II S. 969).
- → H 6a (9).

- **Rückwirkung.** Rückwirkende Vereinbarungen sind steuerrechtlich nicht anzuerkennen (→ BFH vom 29.11.1988 – BStBl. 1989 II S. 281).
- **Sonderzuwendungen** wie z. B. Weihnachts- und Urlaubsgelder, Sonderzulagen, Tantiemen, können dann als Betriebsausgaben abgezogen werden, wenn sie vor Beginn des Leistungsaustauschs klar und eindeutig vereinbart worden sind und auch einem → Fremdvergleich standhalten (→ BFH vom 26.2.1988 – BStBl. II S. 606 und vom 10.3.1988 – BStBl. II S. 877).
- **Unterarbeitsverhältnis.** Ist ein Arbeitnehmer wegen anderer beruflicher Verpflichtungen nicht in der Lage, ein Aufgabengebiet in vollem Umfang selbst zu betreuen, kommt ein Ehegatten-Unterarbeitsverhältnis hierüber jedenfalls dann nicht in Betracht, wenn solche Tätigkeiten sonst ehrenamtlich von Dritten unentgeltlich übernommen werden (→ BFH vom 22.11.1996 – BStBl. 1997 II S. 187).
- **Zukunftssicherung.** Voraussetzungen für die Anerkennung von Maßnahmen zur Zukunftssicherung bei Ehegatten-Arbeitsverhältnissen → H 6a (9) und H 4b (Arbeitnehmer-Ehegatten).

Aushilfstätigkeiten von Kindern. Bei Verträgen über Aushilfstätigkeiten von Kindern ist der → Fremdvergleich im Einzelfall vorzunehmen (→ BFH vom 9.12.1993 – BStBl. 1994 II S. 298).

Bildungsaufwendungen für Kinder.
- Ausbildungs- oder Fortbildungsaufwendungen für Kinder sind in der Regel nicht abziehbare Lebenshaltungskosten. Aufwendungen für die Fortbildung von im Betrieb mitarbeitenden Kindern (z. B. für den Besuch einer Meisterfachschule) sind Betriebsausgaben, wenn die hierzu getroffenen Vereinbarungen klar und eindeutig sind und nach Inhalt und Durchführung dem zwischen Fremden Üblichen entsprechen, insbesondere auch Bindungsfristen und Rückzahlungsklauseln enthalten (→ BFH vom 14.12.1990 – BStBl. 1991 II S. 305).
- Aufwendungen für den Meisterlehrgang eines nicht im Betrieb mitarbeitenden Kindes sind nicht allein deshalb Betriebsausgaben, weil sie eine spätere Unternehmensnachfolge vorbereiten sollen (→ BFH vom 29.10.1997 – BStBl. 1998 II S. 149).
- Die Aufwendungen für die Facharztausbildung des als Nachfolger vorgesehenen Kindes sind ohne den Nachweis, dass sie auch für fremde Dritte im Betrieb des Stpfl. oder üblicherweise in anderen – nach Größe und Branche – vergleichbaren Betrieben getätigt worden wären, nicht betrieblich veranlasst (→ BFH vom 6.11.2012 – BStBl. 2013 II S. 309).

Darlehensverhältnisse zwischen Angehörigen.
- → BMF vom 23.12.2010 (BStBl. 2011 I S. 37) unter Berücksichtigung der Änderungen durch BMF vom 29.4.2014 (BStBl. I S. 809).
- → Personengesellschaften; – Abtretung.
- → Personengesellschaften; – Darlehen.
- Vertragsbeziehungen zwischen verschwägerten Personen → Fremdvergleich.
- **Schenkungsbegründetes Darlehen.**
  - Die Kürze der zwischen Schenkung und Darlehensgewährung liegenden Zeit begründet keine unwiderlegbare Vermutung für die gegenseitige

Abhängigkeit der beiden Verträge (→ BFH vom 18.1.2001 – BStBl. II S. 393 und BMF vom 23.12.2010 – BStBl. 2011 I S. 37, Rdnr. 12). Demgegenüber kann bei einem längeren Abstand zwischen Schenkungs- und Darlehensvertrag eine auf einem Gesamtplan beruhende sachliche Verknüpfung bestehen (→ BFH vom 22.1.2002 – BStBl. II S. 685).[1]

- Geht dem Darlehen eines minderjährigen Kindes an einen Elternteil eine Schenkung des anderen Elternteils voraus, und liegt diesen Rechtsgeschäften ein Gesamtplan der Eltern zur Schaffung von steuerlich abziehbaren Aufwendungen zugrunde (= sachliche Abhängigkeit), so kann hierin auch bei zeitlicher Unabhängigkeit zwischen Schenkung und Darlehen ein Missbrauch von Gestaltungsmöglichkeiten des Rechts (§ 42 AO) liegen (→ BFH vom 26.3.1996 – BStBl. II S. 443).
- Ein Darlehensvertrag zwischen einer Personengesellschaft und dem Kind des beherrschenden Gesellschafters über einen Geldbetrag, den das Kind zuvor von diesem geschenkt bekommen hat, ist nicht anzuerkennen, wenn zwischen Schenkung und Darlehensvertrag eine auf einem Gesamtplan beruhende sachliche Verknüpfung besteht (→ BFH vom 22.2.2002 – BStBl. II S. 685).[1]

– → Sicherung des Darlehensanspruchs.

– **Verknüpfung von Arbeits- und Darlehensvereinbarungen zwischen Ehegatten.**

→ Arbeitsverhältnisse zwischen Ehegatten, – Der steuerrechtlichen Anerkennung eines Arbeitsverhältnisses steht nicht entgegen, • Darlehensgewährung.

Eheschließung. Mehrere Jahre vor der Ehe abgeschlossene ernsthafte Arbeitsverträge zwischen den Ehegatten sind steuerrechtlich in der Regel auch nach der Eheschließung anzuerkennen, wenn sich mit der Eheschließung in der Tätigkeit des im Betrieb beschäftigten Ehegatten nichts ändert und auch die Auszahlung des Arbeitsentgelts vor und nach der Heirat in gleicher Weise vollzogen wird (→ BFH vom 21.10.1966 – BStBl. 1967 III S. 22).

Erbfolgeregelungen.

– Ertragsteuerliche Behandlung der Erbengemeinschaft und ihrer Auseinandersetzung → BMF vom 14.3.2006 (BStBl. I S. 253) unter Berücksichtigung der Änderungen durch BMF vom 27.12.2018 (BStBl. 2019 I S. 11).

– Ertragsteuerliche Behandlung der vorweggenommenen Erbfolge → BMF vom 13.1.1993 (BStBl. I S. 80) unter Berücksichtigung der Änderungen durch BMF vom 26.2.2007 (BStBl. I S. 269).

– Einkommensteuerrechtliche Behandlung von wiederkehrenden Leistungen im Zusammenhang mit einer Vermögensübertragung → BMF vom 11.3.2010 (BStBl. I S. 227)[2] unter Berücksichtigung der Änderungen durch BMF vom 6.5.2016 (BStBl. I S. 476).

---

[1] Ergänzend siehe BFH v. 19.2.2002 IX R 32/98, BStBl. II 2002, 674.

[2] Ergänzend siehe BMF v. 20.11.2019, BStBl. I 2019, 1291, geänd. durch BMF v. 5.5.2021, BStBl. I 2021, 696, Rn. 40.

Fremdvergleich.

- **Angehörigen** steht es frei, ihre Rechtsverhältnisse untereinander so zu gestalten, dass sie steuerlich möglichst günstig sind. Die steuerrechtliche Anerkennung des Vereinbarten setzt voraus, dass die Verträge zivilrechtlich wirksam zustande gekommen sind (→ BMF vom 23.12.2010 – BStBl. 2011 I S. 37 unter Berücksichtigung der Änderungen durch BMF vom 29.4.2014 – BStBl. I S. 809), inhaltlich dem zwischen Fremden Üblichen entsprechen und so auch durchgeführt werden. Maßgebend für die Beurteilung ist die Gesamtheit der objektiven Gegebenheiten. Dabei kann einzelnen dieser Beweisanzeichen je nach Lage des Falles im Rahmen der Gesamtbetrachtung eine unterschiedliche Bedeutung zukommen. Dementsprechend schließt nicht jede Abweichung vom Üblichen notwendigerweise die steuerrechtliche Anerkennung des Vertragsverhältnisses aus. An den Nachweis, dass es sich um ein ernsthaftes Vertragsverhältnis handelt, sind umso strengere Anforderungen zu stellen, je mehr die Umstände auf eine private Veranlassung des Rechtsverhältnisses hindeuten (→ BFH vom 28.1.1997 – BStBl. II S. 655).
- Auch Vertragsbeziehungen zwischen **verschwägerten Personen** müssen steuerrechtlich einem Fremdvergleich standhalten (→ BFH vom 22.5.2019 – BStBl. II S. 795).
- Die Grundsätze des sog. Fremdvergleichs rechtfertigen es nicht, an Stelle der im Vertrag tatsächlich vereinbarten Leistung der Besteuerung eine höhere Gegenleistung unter Hinweis darauf zugrunde zu legen, dass eine solche unter fremden Dritten gefordert (und erbracht) worden wäre (→ BFH vom 31.5.2001 – BStBl. II S. 756).
- Leistet der als Arbeitnehmer beschäftigte Angehörige unbezahlte Mehrarbeit über seine vertragliche Stundenzahl hinaus, steht dies der Annahme, das Arbeitsverhältnis sei tatsächlich durchgeführt worden, grundsätzlich nicht entgegen. Etwas anderes gilt nur, wenn die vereinbarte Vergütung nicht mehr als Gegenleistung für die Tätigkeit des Angehörigen angesehen werden kann und deshalb auf das Fehlen eines Rechtsbindungswillens zu schließen ist (→ BFH vom 17.7.2013 – BStBl. II S. 1015).
- → H 6a (9).
- **Personengesellschaften.** Die Grundsätze des Fremdvergleichs gelten entsprechend für die Verträge einer Personengesellschaft, die von nahen Angehörigen des anderen Vertragspartners beherrscht wird. Hierbei kommt es auf den rechtlichen und wirtschaftlichen Gehalt des jeweiligen Geschäfts und nicht auf die Bezeichnung durch die Vertragsparteien an (→ BFH vom 9.5.1996 – BStBl. II S. 642). Schließt eine Personengesellschaft aufeinander abgestimmte Arbeitsverträge mit den Angehörigen ihrer Gesellschafter, bei denen keiner der Gesellschafter als allein beherrschend angesehen werden kann, ist der Fremdvergleich bei jedem einzelnen Arbeitsvertrag durchzuführen (→ BFH vom 20.10.1983 – BStBl. 1984 II S. 298). Ein Gesellschafter, der nicht in der Lage ist, für sich allein einen beherrschenden Einfluss auszuüben, ist dann einem beherrschenden Gesellschafter gleichzustellen, wenn er gemeinsam mit anderen Gesellschaftern einen Gegenstand von gemeinsamem Interesse in gegenseitiger Abstimmung regelt (→ BFH vom 18.12.2001 – BStBl. 2002 II S. 353).

- → Personengesellschaften; – Abtretung.
- → Personengesellschaften; – Darlehen.
- → Umdeutung.
- **Umfang.**
  - Der Fremdvergleich ist nur einheitlich für den gesamten Vertrag anzustellen. Das Herauslösen einzelner Vertragsteile, wie z. B. einzelner Tätigkeiten aus einem Arbeitsvertrag, ist nicht möglich. Der Vertrag kann auch nicht mit Blick auf diese Vertragsteile teilweise steuerrechtlich anerkannt werden, wenn der Vertrag im Übrigen dem Fremdvergleich nicht standhält (→ BFH vom 9.12.1993 – BStBl. 1994 II S. 298).
  - Wird zur Finanzierung eines Kaufvertrags zwischen nahen Angehörigen ein Darlehensvertrag mit einer Bank abgeschlossen, sind die in dem Darlehensvertrag getroffenen Vereinbarungen auch dann nicht in den Fremdvergleich hinsichtlich des Kaufvertrags einzubeziehen, wenn der Verkäufer zugleich Sicherungsgeber ist (→ BFH vom 15.10.2002 – BStBl. 2003 II S. 243).
  - → Mehrere Verträge zwischen Angehörigen.

Gelegentliche Hilfeleistung. Arbeitsverträge über gelegentliche Hilfeleistungen durch Angehörige sind steuerrechtlich nicht anzuerkennen, weil sie zwischen fremden Personen nicht vereinbart worden wären (→ BFH vom 9.12.1993 – BStBl. 1994 II S. 298).

Gesellschaftsverträge zwischen Angehörigen.
- → R 15.9.
- → Umdeutung.

Gewinnanteile aus geschenkter typisch stiller Beteiligung. Werden Geldbeträge vom Betriebsinhaber an seine minderjährigen Kinder mit der Auflage zugewendet, diese ihm wieder als Einlage im Rahmen einer typisch stillen Beteiligung zur Verfügung zu stellen, sind die Gewinnanteile nicht als Betriebsausgaben abziehbar, wenn eine Verlustbeteiligung ausgeschlossen ist (→ BFH vom 21.10.1992 – BStBl. 1993 II S. 289).

Mehrere Verträge zwischen Angehörigen. Bei der Prüfung, ob die Leistungsbeziehungen zwischen nahen Angehörigen dem → Fremdvergleich standhalten, sind mehrere zeitlich und sachlich zusammenhängende Verträge nicht isoliert, sondern in ihrer Gesamtheit zu würdigen (→ BFH vom 13.12.1995 – BStBl. 1996 II S. 180).

Miet- und Pachtverträge zwischen Angehörigen.
- → R 21.4.
- → Sonstige Rechtsverhältnisse zwischen Angehörigen.

Minderjährige Kinder.
- **Ergänzungspfleger.** Bei Verträgen zwischen Eltern und minderjährigen Kindern, die nicht Arbeitsverträge sind (→ R 4.8 Abs. 3), ist ein Ergänzungspfleger zu bestellen, damit die Vereinbarungen bürgerlich-rechtlich wirksam zustande kommen und so eine klare Trennung bei der Verwaltung des Kindesvermögens und des elterlichen Vermögens gewährleistet ist (→ BFH vom 23.4.1992 – BStBl. II S. 1024 und BMF vom 30.9.2013 – BStBl. I S. 1184, Rz. 4).

– **Schwebend unwirksame Verträge, Insichgeschäfte.** Die klaren und ernsthaft gewollten Vereinbarungen (→ Fremdvergleich) müssen zu Beginn des maßgeblichen Rechtsverhältnisses oder bei Änderung des Verhältnisses für die Zukunft getroffen werden. Ein Insichgeschäft i.S.d. § 181 BGB ist so lange – schwebend – unwirksam, bis die Wirksamkeit z.B. durch Bestellung eines Ergänzungspflegers oder mit Erreichen der Volljährigkeit eines minderjährigen Kindes nachgeholt wird. Die nachträgliche Genehmigung des Rechtsgeschäftes hat zivilrechtlich zur Folge, dass die schwebende Unwirksamkeit des Vertrages rückwirkend entfällt (§ 108 Abs. 3, § 184 Abs. 1 BGB). Steuerrechtlich entfaltet sie grundsätzlich keine Rückwirkung. Im Regelfall sind die steuerrechtlichen Folgerungen erst von dem Zeitpunkt an zu ziehen, zu dem die schwebende Unwirksamkeit entfallen ist (→ BFH vom 31.10.1989 – BStBl. 1992 II S. 506), es sei denn, die steuerrechtliche Rückwirkung ist ausdrücklich gesetzlich zugelassen (§ 41 Abs. 1 AO).

Nichteheliche Lebensgemeinschaften. Die für die steuerrechtliche Beurteilung von Verträgen zwischen Ehegatten geltenden Grundsätze können nicht auf Verträge zwischen Partnern einer nichtehelichen Lebensgemeinschaft – ausgenommen eingetragene Lebenspartnerschaften – übertragen werden (→ BFH vom 14.4.1988 – BStBl. II S. 670 und → R 21.4).

Personengesellschaften.

– **Abtretung.** Tritt der Gesellschafter einer Personengesellschaft ihm gegen die Gesellschaft zustehende Darlehensansprüche zur Ablösung von Pflichtteilsansprüchen an einen Angehörigen ab, der die Beträge der Gesellschaft weiterhin als Darlehen belässt, so sind die an den neuen Darlehensgläubiger gezahlten Darlehenszinsen Betriebsausgaben der Personengesellschaft. Der Betriebsausgabenabzug kann nicht vom Ergebnis eines → Fremdvergleichs hinsichtlich der Darlehensbedingungen abhängig gemacht werden, wenn der Abtretende die Gesellschaft nicht beherrscht (→ BFH vom 15.12.1988 – BStBl. 1989 II S. 500).
– → Arbeitsverhältnisse zwischen Ehegatten.
– → Darlehensverhältnisse zwischen Angehörigen.
– → Fremdvergleich.
– **Vermögen einer Personengesellschaft** kann nicht als Vermögen des Gesellschafterehegatten angesehen werden. Deshalb liegt ein Vermögenszugang beim Arbeitnehmer-Ehegatten auch dann vor, wenn das Arbeitsentgelt auf ein gemeinschaftliches Konto der Ehegatten überwiesen wird, über das jeder Ehegatte ohne Mitwirkung des anderen verfügen kann (→ BFH vom 24.3.1983 – BStBl. II S. 663).
– Keine betriebliche Veranlassung bei Vergabe eines zinslosen und ungesicherten **Darlehens** durch eine Personengesellschaft an ihren Gesellschafter. Die Frage der betrieblichen Veranlassung der Geldhingabe ist auf der Grundlage eines Fremdvergleichs zu beurteilen (→ BFH vom 9.5.1996 – BStBl. II S. 642). Wird neben dem (festen) Kapitalkonto lediglich ein weiteres Konto zur Erfassung von Gewinnen, Einlagen und Entnahmen der Gesellschafter geführt, handelt es sich nicht um ein Darlehenskonto, wenn auf dem Konto auch Verluste verbucht werden (→ BFH vom 27.6.1996 – BStBl. 1997 II S. 36).

- → Sicherung des Darlehensanspruchs.
- Unterbeteiligung von Kindern an einer vermögensverwaltenden Personengesellschaft → H 21.6 (Unterbeteiligung an einer Personengesellschaft).

Rechtsfolgen bei fehlender Anerkennung.
- Ist ein **Arbeitsverhältnis** steuerrechtlich nicht anzuerkennen, so sind Lohnzahlungen einschließlich einbehaltener und abgeführter Lohn- und Kirchensteuerbeträge, für den mitarbeitenden Ehegatten einbehaltene und abgeführte Sozialversicherungsbeiträge (Arbeitgeber- und Arbeitnehmeranteil) und vermögenswirksame Leistungen, die der Arbeitgeber-Ehegatte nach dem Vermögensbildungsgesetz erbringt, nicht als Betriebsausgaben abziehbar (→ BFH vom 8.2.1983 – BStBl. II S. 496 und vom 10.4.1990 – BStBl. II S. 741).
- Zinsen aus einem ertragsteuerlich nicht anzuerkennenden **Darlehen** unter nahen Angehörigen sind keine Betriebsausgaben; beim Empfänger sind sie keine Einkünfte aus Kapitalvermögen (→ BFH vom 2.8.1994 – BStBl. 1995 II S. 264).

Scheidungsklausel. Erwirbt ein Ehegatte (A) mit vom anderen Ehegatten (B) geschenkten Mitteln ein Grundstück, welches für betriebliche Zwecke an B vermietet wird, begründet weder die Schenkung der Mittel, die Vereinbarung zwischen den Ehegatten für den Fall der Beendigung des Güterstandes auf andere Weise als den Tod, das erworbene Grundstück auf den anderen Ehegatten zu übertragen (sog. Scheidungsklausel), noch die B eingeräumte Möglichkeit zu seinen Gunsten oder zugunsten eines Dritten eine Auflassungsvormerkung in das Grundbuch eintragen zu lassen, wirtschaftliches Eigentum des B (→ BFH vom 4.2.1998 – BStBl. II S. 542).

Schenkung.
- → Arbeitsverhältnisse zwischen Ehegatten, – Der steuerrechtlichen Anerkennung eines Arbeitsverhältnisses steht nicht entgegen, • Schenkung.
- → Darlehensverhältnisse zwischen Angehörigen, – Schenkungsbegründetes Darlehen.

Sicherung des Darlehensanspruchs.
- Bei einem Darlehen einer Personengesellschaft an ihren Gesellschafter kann nicht ein künftiger Gewinnanteil des Gesellschafters als Sicherheit angesehen werden. Unüblich ist auch die Unverzinslichkeit eines Darlehens (→ BFH vom 9.5.1996 – BStBl. II S. 642).
- Die fehlende verkehrsübliche Sicherung des Darlehensanspruchs wird bei langfristigen Darlehen zwischen nahen Angehörigen als Indiz für die außerbetriebliche Veranlassung des Darlehens gewertet, wobei als langfristig jedenfalls Darlehen mit einer Laufzeit von mehr als vier Jahren angesehen werden (→ BFH vom 9.5.1996 – BStBl. II S. 642). Eine langfristige Darlehensvereinbarung zwischen Eltern und Kindern kann trotz teilweise fehlender Sicherheiten steuerrechtlich anerkannt werden, wenn die Kinder bei Darlehensabschluss bereits volljährig sind, nicht mehr im Haushalt der Eltern leben und wirtschaftlich von den Eltern unabhängig sind (→ BFH vom 18.12.1990 – BStBl. 1991 II S. 911).

Sonstige Rechtsverhältnisse zwischen Angehörigen.
- Für die einkommensteuerrechtliche Beurteilung von Miet- und Pachtverträgen, Darlehensverträgen und ähnlichen Verträgen sind die Grundsätze zur steuerlichen Anerkennung von Ehegatten-Arbeitsverhältnissen entsprechend anzuwenden (→ BFH vom 28.1.1997 – BStBl. II S. 655).
- → Fremdvergleich.

Umdeutung. Die steuerliche Beurteilung muss von dem ausgehen, was die Stpfl. rechtsgültig vereinbart haben, und zwar auch dann, wenn die Vereinbarung aus privater Veranlassung von dem abweicht, was unter fremden Dritten üblich ist. Haben die Beteiligten einen Gesellschaftsvertrag über eine Unterbeteiligung abgeschlossen, und kann der Gesellschaftsvertrag wegen der nicht fremdüblichen Ausgestaltung zu Lasten der Unterbeteiligung steuerlich nicht anerkannt werden, kann an die Stelle des wirksam abgeschlossenen Gesellschaftsvertrags für die steuerliche Beurteilung **nicht** ein tatsächlich **nicht** existenter Vertrag über ein partiarisches Darlehen gesetzt werden (→ BFH vom 6.7.1995 – BStBl. 1996 II S. 269).

Unterhalt. Beschränkt sich der Stpfl. darauf, dem mitarbeitenden Kind Unterhalt zu gewähren (Beköstigung, Bekleidung, Unterkunft und Taschengeld), so liegen steuerlich nicht abziehbare Lebenshaltungskosten vor (→ BFH vom 19.8.1971 – BStBl. 1972 II S. 172).

Wirtschaftsüberlassungsvertrag.
- Bei nach dem 31.12.2007 abgeschlossenen Wirtschaftsüberlassungsverträgen liegt keine begünstigte Vermögensübertragung im Zusammenhang mit Versorgungsleistungen vor (→ BMF vom 11.3.2010 – BStBl. I S. 227, Rzn. 22, 81).[1)·2)]
- Die auf einem nach dem 31.12.2007 abgeschlossenen Wirtschaftsüberlassungsvertrag beruhenden Leistungen können als Betriebsausgaben abziehbar sein. Dies gilt auch, wenn einzelne Regelungen im Wirtschaftsüberlassungsvertrag einem Fremdvergleich nicht standhalten, solange diesen nicht ein derartiges Gewicht zukommt, dass dies unter Berücksichtigung des Gesamtbilds der Verhältnisse die Nichtanerkennung des gesamten Vertragsverhältnisses rechtfertigt (→ BFH vom 12.7.2017 – BStBl. 2018 II S. 461).

Wohnungsüberlassung an geschiedenen oder dauernd getrennt lebenden Ehegatten. → H 21.4 (Vermietung an Unterhaltsberechtigte).

R 4.9 Abziehbare Steuern *(unbesetzt)*

H 4.9

Änderung von bestandskräftigen Veranlagungen. Mehrbeträge an abziehbaren Steuern, die sich durch eine Betriebsprüfung ergeben haben, sind für sich allein keine neuen Tatsachen i. S. d. § 173 Abs. 1 Nr. 2 AO, die eine Änderung der bestandskräftigen Veranlagungen der Jahre rechtfertigen würden, zu denen die → Mehrsteuern wirtschaftlich gehören (→ BFH vom 10.8.1961 – BStBl. III S. 534).

---

1) Geänd. durch BMF v. 6.5.2016, BStBl. I 2016, 476, mit Übergangsregelung.

2) Ergänzend siehe BMF v. 20.11.2019, BStBl. I 2019, 1291, geänd. durch BMF v. 5.5. 2021, BStBl. I 2021, 696, Rn. 40.

Mehrsteuern. Ändern sich die Mehrsteuern bis zur Bestandskraft der Veranlagungen, sind die Änderungen bei diesen Veranlagungen zu berücksichtigen (→ BFH vom 19.12.1961 – BStBl. 1962 III S. 64).

Rückstellung für künftige Steuernachforderungen. Die Behauptung des Stpfl., dass nach allgemeiner Erfahrung bei einer Betriebsprüfung mit Steuernachforderungen zu rechnen ist, rechtfertigt nicht die Bildung einer Rückstellung (→ BFH vom 13.1.1966 – BStBl. III S. 189). Abzugsfähige Steuern sind grundsätzlich dem Jahr zu belasten, zu dem sie wirtschaftlich gehören (→ BFH vom 3.12.1969 – BStBl. 1970 II S. 229). Dagegen ist eine Rückstellung für hinterzogene Steuern bis zur Bilanzaufstellung erst zu dem Bilanzstichtag zu bilden, zu dem der Stpfl. mit der Aufdeckung der Steuerhinterziehung rechnen musste, bei einer Außen- oder Steuerfahndungsprüfung frühestens mit der Beanstandung einer bestimmten Sachbehandlung durch den Prüfer (→ BFH vom 27.11.2001 – BStBl. 2002 II S. 731 und vom 22.8.2012 – BStBl. 2013 II S. 76).

R 4.10 Geschenke, Bewirtung, andere die Lebensführung berührende Betriebsausgaben

Allgemeines

(1) [1]Durch § 4 Abs. 5 Satz 1 Nr. 1 bis 7 i. V. m. Abs. 7 EStG wird der Abzug von betrieblich veranlassten Aufwendungen, die die Lebensführung des Stpfl. oder anderer Personen berühren, eingeschränkt. [2]Vor Anwendung dieser Vorschriften ist stets zu prüfen, ob die als Betriebsausgaben geltend gemachten Aufwendungen z. B. für Repräsentation, Bewirtung und Unterhaltung von Geschäftsfreunden, Reisen, Kraftfahrzeughaltung bereits zu den nicht abziehbaren Kosten der Lebensführung i. S. d. § 12 Nr. 1 EStG gehören. [3]Die nach § 4 Abs. 5 und 7 EStG nicht abziehbaren Betriebsausgaben sind keine Entnahmen i. S. d. § 4 Abs. 1 Satz 2 EStG.

H 4.10 (1)

Abgrenzung der Betriebsausgaben von den Lebenshaltungskosten. → H 12.1 und H 12.2.

Ähnliche Zwecke i. S. d. § 4 Abs. 5 Satz 1 Nr. 4 EStG.

- Unter den Begriff der Aufwendungen für ähnliche Zwecke fallen Aufwendungen, die der sportlichen Betätigung, der Unterhaltung von Geschäftsfreunden, der Freizeitgestaltung oder der Repräsentation des Stpfl. dienen. Die Ähnlichkeit mit den im Gesetz genannten Zwecken (Jagd, Fischerei, Segel- oder Motorjacht) kann sich entweder aus Besonderheiten hinsichtlich des Ortes und Rahmens der Veranstaltung (Beschaffenheit, Lage, Ausstattung) oder einem besonderen qualitativ hochwertigen Unterhaltungsprogramm am Ort der Veranstaltung ergeben (→ BFH vom 13.7.2016 – BStBl. 2017 II S. 161).
- → Golfturnier.

Ferienwohnung. Mehraufwendungen für Verpflegung und Reisekosten im Zusammenhang mit einem mehrwöchigen Aufenthalt in der eigenen, sonst gewerblich genutzten Ferienwohnung sind nur dann Betriebsausgaben, wenn der Aufenthalt während der normalen Arbeitszeit vollständig mit Ar-

Satz 1 AO als offenbare Unrichtigkeit darstellt (→ BFH vom 19.8.1999 – BStBl. 2000 II S. 203).

R 4.12 Entfernungspauschale, nicht abziehbare Fahrtkosten, Reisekosten und Mehraufwendungen bei doppelter Haushaltsführung

Aufwendungen für Wege zwischen Wohnung und Betriebsstätte

(1) [1]Die Regelungen in den LStR zu Aufwendungen für Wege zwischen Wohnung und *regelmäßiger Arbeitsstätte*[1)] sind entsprechend anzuwenden.[2)] [2]Ein Betriebsausgabenabzug in Höhe der Entfernungspauschale nach § 4 Abs. 5 Satz 1 Nr. 6 Satz 2 EStG kommt auch dann in Betracht, wenn die nach § 4 Abs. 5 Satz 1 Nr. 6 Satz 3 EStG ermittelten Werte geringer sind als die Entfernungspauschale. [3]Wird an einem Tag aus betrieblichen oder beruflichen Gründen der Weg zwischen Wohnung und Betriebsstätte mehrfach zurückgelegt darf die Entfernungspauschale nur einmal pro Tag berücksichtigt werden. [4]Die Regelung des § 4 Abs. 5 Satz 1 Nr. 6 EStG gilt nicht für Fahrten zwischen Betriebsstätten. [5]Unter Betriebsstätte ist im Zusammenhang mit Geschäftsreisen (Absatz 2), anders als in § 12 AO, die (von der Wohnung getrennte) Betriebsstätte zu verstehen. [6]Das ist der Ort, an dem oder von dem aus die betrieblichen Leistungen erbracht werden. [7]Die Betriebsstätte eines See- und Hafenlotsen ist danach nicht das häusliche Arbeitszimmer, sondern das Lotsrevier oder die Lotsenstation.

Reisekosten

(2) [1]Die Regelungen in den LStR zu Reisekosten sind sinngemäß anzuwenden. [2]Der Ansatz pauschaler Kilometersätze ist nur für private Beförderungsmittel zulässig.

Mehraufwendungen bei doppelter Haushaltsführung

(3) Die Regelungen in den LStR zu Mehraufwendungen bei doppelter Haushaltsführung sind entsprechend anzuwenden.

H 4.12

Abzug als Werbungskosten. Zum Abzug von Aufwendungen für Wege zwischen Wohnung und erster Tätigkeitsstätte sowie Fahrten nach § 9 Abs. 1 Satz 3 Nr. 4a Satz 3 EStG und von Mehraufwendungen bei doppelter Haushaltsführung von Arbeitnehmern als Werbungskosten → R 9.10 und 9.11 LStR 2015 sowie → H 9.10 und H 9.11 LStH 2020.

Behinderte Menschen.

- Auch bei Stpfl., die zu dem in § 9 Abs. 2 EStG bezeichneten Personenkreis gehören, kann grundsätzlich nur eine Hin- und Rückfahrt für jeden Arbeitstag berücksichtigt werden (→ BFH vom 2.4.1976 – BStBl. II S. 452).
- Nachweis der Behinderung → § 65 EStDV, H 33b (Nachweis der Behinderung).

---

1) **[Amtl. Anm.:]** Jetzt: erster Tätigkeitsstätte.

2) Siehe R 9.4–R 9.6 (Nr. **20**).

Betriebsstätte. → BMF vom 23.12.2014 (BStBl. 2015 I S. 26).

Doppelte Haushaltsführung.[1] → BMF vom 23.12.2014 (BStBl. 2015 I S. 26).

Gesamtaufwendungen für das Kraftfahrzeug.

- → BMF vom 18.11.2009 (BStBl. I S. 1326 unter Berücksichtigung der Änderungen durch BMF vom 15.11.2012 – BStBl. I S. 1099), Rdnr. 32.
- Bei Nutzung von Elektro- und Hybridelektrofahrzeugen → *BMF vom 5.6.2014 (BStBl. I S. 835).*[2]
- Bei Nutzung von Brennstoffzellenfahrzeugen → *BMF vom 24.1.2018 (BStBl. I S. 272).*[2]

Miterledigung betrieblicher Angelegenheiten. Werden anlässlich einer Fahrt zwischen Wohnung und Betriebsstätte oder umgekehrt andere betriebliche oder berufliche Angelegenheiten miterledigt, können die dadurch bedingten Mehraufwendungen in voller Höhe als Betriebsausgaben abgezogen werden (→ BFH vom 17.2.1977 – BStBl. II S. 543).

Motorboot. Aufwendungen für Wege zwischen Wohnung und Betriebsstätte mit einem Motorboot (Jacht) sind nicht generell nach § 4 Abs. 5 Satz 1 Nr. 4 EStG vom steuerlichen Abzug ausgeschlossen, sondern unterliegen der Abzugsbegrenzung nach § 4 Abs. 5 Satz 1 Nr. 6 EStG (→ BFH vom 10.5.2001 – BStBl. II S. 575).

Pauschbeträge für Verpflegungsmehraufwendungen bei Auslandsgeschäftsreisen. → BMF vom 15.11.2019 (BStBl. I S. 1254).[3]

Pkw-Nutzung für Familienheimfahrten. Die Abzugsbegrenzung für Familienheimfahrten nach § 4 Abs. 5 Satz 1 Nr. 6 EStG ist verfassungsgemäß (→ BFH vom 19.6.2013 – BStBl. II S. 812).

Reisekosten. → BMF vom 23.12.2014 (BStBl. 2015 I S. 26).

Wege zwischen Wohnung und Betriebsstätte.

- → BMF vom 23.12.2014 (BStBl. 2015 I S. 26).
- → BMF vom 18.11.2009 (BStBl. I S. 1326 unter Berücksichtigung der Änderungen durch BMF vom 15.11.2012 – BStBl. I S. 1099).
- Bei Nutzung von Elektro- und Hybridelektrofahrzeugen → *BMF vom 5.6.2014 (BStBl. I S. 835).*[2]
- Bei Nutzung von Brennstoffzellenfahrzeugen → *BMF vom 24.1.2018 (BStBl. I S. 272).*[2]

R 4.13 Abzugsverbot für Sanktionen

Abzugsverbot

(1) [1]Geldbußen, Ordnungsgelder und Verwarnungsgelder, die von einem Gericht oder einer Behörde in der Bundesrepublik Deutschland oder von Organen der Europäischen Gemeinschaften festgesetzt werden, dürfen nach § 4 Abs. 5 Satz 1 Nr. 8 Satz 1 EStG den Gewinn auch dann nicht mindern,

---

[1] Zum Mittelpunkt der Lebensinteressen bei einer Familie, die am Beschäftigungsort wohnt, siehe BFH v. 1.10.2019 VIII R 29/16, BFH/NV 2020, 349.

[2] Siehe jetzt BMF v. 5.11.2021, BStBl. I 2021, 2205, mit Anwendungsregelungen in Tz. 5.

[3] Für Auslandsreisen ab 1.1.2021 siehe BMF v. 3.12.2020, BStBl. I 2020, 1256; Geltung auch für Kj. 2022 (BMF v. 27.9.2021).

wenn sie betrieblich veranlasst sind. [2]Dasselbe gilt für Leistungen zur Erfüllung von Auflagen oder Weisungen, die in einem berufsgerichtlichen Verfahren erteilt werden, soweit die Auflagen oder Weisungen nicht lediglich der Wiedergutmachung des durch die Tat verursachten Schadens dienen (§ 4 Abs. 5 Satz 1 Nr. 8 Satz 2 EStG). [3]Dagegen gilt das Abzugsverbot nicht für Nebenfolgen vermögensrechtlicher Art, z.B. die Abführung des Mehrerlöses nach § 8 des Wirtschaftsstrafgesetzes, den Verfall nach § 29a OWiG und die Einziehung nach § 22 OWiG.

Geldbußen

(2) [1]Zu den Geldbußen rechnen alle Sanktionen, die nach dem Recht der Bundesrepublik Deutschland so bezeichnet sind, insbesondere Geldbußen nach dem Ordnungswidrigkeitenrecht einschließlich der nach § 30 OWiG vorgesehenen Geldbußen gegen juristische Personen oder Personenvereinigungen, Geldbußen nach den berufsgerichtlichen Gesetzen des Bundes oder der Länder, z.B. der Bundesrechtsanwaltsordnung, der Bundesnotarordnung, der Patentanwaltsordnung, der Wirtschaftsprüferordnung oder dem Steuerberatungsgesetz sowie Geldbußen nach den Disziplinargesetzen des Bundes oder der Länder. [2]Geldbußen, die von Organen der Europäischen Union festgesetzt werden, sind Geldbußen nach den Artikeln 101, 102, 103 Abs. 2 des Vertrages über die Arbeitsweise der Europäischen Union (AEUV) insbesondere i.V.m. Artikel 23 Abs. 2 der Verordnung (EG) Nr. 1/2003 des Rates vom 16.12.2002. [3]Betrieblich veranlasste Geldbußen, die von Gerichten oder Behörden anderer Staaten festgesetzt werden, fallen nicht unter das Abzugsverbot.[1)]

Einschränkung des Abzugsverbotes für Geldbußen

(3) [1]Das Abzugsverbot für Geldbußen, die von Gerichten oder Behörden in der Bundesrepublik Deutschland oder von Organen der Europäischen Union verhängt werden, gilt uneingeschränkt für den Teil, der die rechtswidrige und vorwerfbare Handlung ahndet. [2]Für den Teil, der den rechtswidrig erlangten wirtschaftlichen Vorteil abschöpft, gilt das Abzugsverbot für die Geldbuße nur dann uneingeschränkt, wenn bei der Berechnung des Vermögensvorteils die darauf entfallende ertragsteuerliche Belastung – ggf. im Wege der Schätzung – berücksichtigt worden ist. [3]Macht der Stpfl. durch geeignete Unterlagen glaubhaft, dass diese ertragsteuerliche Belastung nicht berücksichtigt und der gesamte rechtswidrig erlangte Vermögensvorteil abgeschöpft wurde, darf der auf die Abschöpfung entfallende Teil der Geldbuße als Betriebsausgabe abgezogen werden. [4]Die von der Europäischen Kommission festgesetzten Geldbußen wegen Verstoßes gegen das Wettbewerbsrecht enthalten keinen Anteil, der den rechtswidrig erlangten wirtschaftlichen Vorteil abschöpft und unterliegen in vollem Umfang dem Betriebsausgabenabzugsverbot.

Ordnungsgelder

(4) [1]Ordnungsgelder sind die nach dem Recht der Bundesrepublik Deutschland so bezeichneten Unrechtsfolgen, die namentlich in den Verfahrensordnungen oder in verfahrensrechtlichen Vorschriften anderer Gesetze vorgesehen sind,

---

[1)] **[Amtl. Anm.:]** Überholt für Geldbußen, die von einem Mitgliedstaat der Europäischen Union festgesetzt werden → § 4 Abs. 5 Satz 1 Nr. 8 Satz 1 EStG.

z. B. das Ordnungsgeld gegen einen Zeugen wegen Verletzung seiner Pflicht zum Erscheinen und das Ordnungsgeld nach § 890 ZPO wegen Verstoßes gegen eine nach einem Vollstreckungstitel (z. B. Urteil) bestehende Verpflichtung, eine Handlung zu unterlassen oder die Vornahme einer Handlung zu dulden. [2] Nicht unter das Abzugsverbot fallen Zwangsgelder.

Verwarnungsgelder

(5) Verwarnungsgelder sind die in § 56 OWiG[1)] so bezeichneten geldlichen Einbußen, die dem Betroffenen aus Anlass einer geringfügigen Ordnungswidrigkeit, z. B. wegen falschen Parkens, mit seinem Einverständnis auferlegt werden, um der Verwarnung Nachdruck zu verleihen.

H 4.13

Abschöpfung.

- Bemisst sich die wegen eines Wettbewerbsverstoßes festgesetzte Geldbuße – über den regulären gesetzlichen Höchstbetrag hinaus – unter Einbeziehung des durch die Zuwiderhandlung erlangten Mehrerlöses, wird zugleich der erlangte wirtschaftliche Vorteil abgeschöpft. Hat die Bußgeldbehörde die Ertragsteuern, die auf diesen Vorteil entfallen, bei der Festsetzung nicht berücksichtigt, mindert die Geldbuße bis zu den gesetzlich zulässigen Höchstbeträgen den Gewinn. Darauf, dass sich der abschöpfende Teil der einheitlichen Geldbuße eindeutig abgrenzen lässt, kommt es nicht an (→ BFH vom 9.6.1999 – BStBl. II S. 658).
- Die bloße Heranziehung des tatbezogenen Umsatzes zur Ermittlung der Höhe einer am Bilanzstichtag angedrohten und nachfolgend auch festgesetzten Kartellgeldbuße bewirkt keine Abschöpfung des unrechtmäßig erlangten wirtschaftlichen Vorteils i. S. d. § 4 Abs. 5 Satz 1 Nr. 8 Satz 4 Halbsatz 1 EStG (→ BFH vom 22.5.2019 – BStBl. II S. 663).
- § 4 Abs. 5 Satz 1 Nr. 8 Satz 4 Halbsatz 1 EStG ist dahingehend auszulegen, dass es auf die objektive Abschöpfungswirkung der Geldbuße ankommt; der Wille der Kartellbehörde ist dabei nicht entscheidend (→ BFH vom 22.5.2019 – BStBl. II S. 663).

Abzugsverbot für Geldstrafen, die in einem anderen Staat festgesetzt werden. → R 12.3.

Ausländisches Gericht. Von ausländischem Gericht verhängte Geldstrafe kann bei Widerspruch zu wesentlichen Grundsätzen der deutschen Rechtsordnung Betriebsausgabe sein (→ BFH vom 31.7.1991 – BStBl. 1992 II S. 85).

EU-Geldbußen. Eine von der Europäischen Kommission wegen eines Kartellrechtsverstoßes verhängte Geldbuße, die sich nach dem Grundbetrag i. S. d. Art. 23 Abs. 3 EG-Verordnung 1/2003 bemisst, enthält keinen Abschöpfungsanteil (→ BFH vom 7.11.2013 – BStBl. 2014 II S. 306).

Leistungen zur Erfüllung von Auflagen oder Weisungen. Hinsichtlich des Abzugsverbots von Leistungen zur Erfüllung von Auflagen und Weisungen, die in einem berufsgerichtlichen Verfahren erteilt werden, → H 12.3.

Rückstellungen. → H 5.7 (1) Nicht abziehbare Betriebsausgaben.

---

1) **Habersack** Nr. **94**.

R 4.14 Abzugsverbot für Zuwendungen i. S. d. § 4 Abs. 5 Satz 1 Nr. 10 EStG

[1]Zuwendungen i. S. d. § 4 Abs. 5 Satz 1 Nr. 10 EStG dürfen nicht als Betriebsausgaben abgezogen werden, wenn mit der Zuwendung von Vorteilen objektiv gegen das Straf- oder Ordnungswidrigkeitenrecht verstoßen wird; auf ein Verschulden des Zuwendenden, auf die Stellung eines Strafantrags oder auf eine tatsächliche Ahndung kommt es nicht an.[1)] [2]Mit der Anknüpfung an die Tatbestände des Straf- und Ordnungswidrigkeitenrechts werden auch Leistungen an ausländische Amtsträger und Abgeordnete vom Abzugsverbot erfasst. [3]Wird dem Finanzamt auf Grund einer Mitteilung des Gerichts, der Staatsanwaltschaft oder einer Verwaltungsbehörde nach § 4 Abs. 5 Satz 1 Nr. 10 Satz 2 EStG erstmals bekannt, dass eine rechtswidrige Handlung i. S. d. § 4 Abs. 5 Satz 1 Nr. 10 Satz 1 EStG vorliegt, ist der Steuerbescheid nach den Vorschriften der AO zu ändern.

H 4.14

Mitteilungspflicht. Bei Vorteilszuwendungen, die als Betriebsausgaben berücksichtigt wurden, besteht ein Verdacht i. S. d. § 4 Abs. 5 Satz 1 Nr. 10 Satz 3 EStG, der die Information der Strafverfolgungsbehörden gebietet, wenn ein Anfangsverdacht i. S. d. Strafrechts gegeben ist. Es müssen also zureichende tatsächliche Anhaltspunkte für eine Tat nach § 4 Abs. 5 Satz 1 Nr. 10 Satz 1 EStG vorliegen (→ BFH vom 14.7.2008 – BStBl. II S. 850).

Umfang des Abzugsverbots. Das für die „Zuwendung von Vorteilen sowie damit zusammenhängende Aufwendungen“ geltende Abzugsverbot des § 4 Abs. 5 Satz 1 Nr. 10 EStG erfasst nicht nur die Bestechungsgelder als solche, sondern auch die Kosten eines nachfolgenden Strafverfahrens sowie Aufwendungen, die auf Grund einer im Strafurteil ausgesprochenen Verfallsanordnung entstehen. Zur Vermeidung einer verfassungswidrigen Doppelbelastung gilt das Abzugsverbot für verfallene Beträge jedoch nicht, wenn das Strafgericht die Ertragsteuerbelastung bei der Bemessung des Verfallsbetrags nicht mindernd berücksichtigt hat (→ BFH vom 14.5.2014 – BStBl. II S. 684).

Zuwendungen.

- Abzugsverbot für die Zuwendung von Vorteilen i. S. d. § 4 Abs. 5 Satz 1 Nr. 10 EStG → BMF vom 10.10.2002 (BStBl. I S. 1031).
- Tatbestände des Straf- und Ordnungswidrigkeitenrechts i. S. d. § 4 Abs. 5 Satz 1 Nr. 10 EStG sind:
  - § 108b StGB (Wählerbestechung),
  - § 108e StGB (Bestechung von Mandatsträgern),
  - § 265c Abs. 2 und 4 StGB (Sportwettbetrug),
  - § 265d Abs. 2 und 4 StGB (Manipulation von berufssportlichen Wettbewerben),
  - § 299 Abs. 2 StGB (Bestechung im geschäftlichen Verkehr),
  - § 299b StGB (Bestechung im Gesundheitswesen),
  - § 333 StGB (Vorteilsgewährung),

---

1) Überholt durch BFH v. 15.4.2021 IV R 25/18, BStBl. II 2021, 703.

- § 334 StGB (Bestechung),
- § 335a StGB (Vorteilsgewährung und Bestechung ausländischer und internationaler Bediensteter),
- Artikel 2 § 2 des Gesetzes zur Bekämpfung internationaler Bestechung[1] (Bestechung ausländischer Abgeordneter im Zusammenhang mit internationalem geschäftlichen Verkehr),
- § 119 Abs. 1 des Betriebsverfassungsgesetzes[2] (Straftaten gegen Betriebsverfassungsorgane und ihre Mitglieder),
- § 81 Abs. 3 Nr. 2 i. V. m. § 21 Abs. 2 des Gesetzes gegen Wettbewerbsbeschränkungen[3] (Vorteilsgewährung für wettbewerbsbeschränkendes Verhalten),
- § 405 Abs. 3 Nr. 7 AktG[3] (Vorteilsgewährung in Bezug auf das Stimmverhalten in der Hauptversammlung),
- § 152 Abs. 1 Nr. 2 GenG[3] (Vorteilsgewährung in Bezug auf das Abstimmungsverhalten in der Generalversammlung),
- § 23 Abs. 1 Nr. 3 des Gesetzes über Schuldverschreibungen aus Gesamtemissionen – SchVG[4] (Vorteilsgewährung in Bezug auf die Abstimmung in der Gläubigerversammlung).

H 4.15

Abzugsverbot für Gewerbesteuer.

- Das Abzugsverbot für die Gewerbesteuer ist verfassungsgemäß (→ BFH vom 16.1.2014 – BStBl. II S. 531 und vom 10.9.2015 – BStBl. II S. 1046).
- § 4 Abs. 5b EStG steht dem Abzug als Betriebsausgabe nur bei dem Schuldner der Gewerbesteuer entgegen, nicht auch bei demjenigen, der sich vertraglich zur Übernahme der Gewerbesteuer verpflichtet (→ BFH vom 7.3.2019 – BStBl. II S. 696).

Zu § 4a EStG

(§§ 8b und 8c EStDV)

R 4a. Gewinnermittlung bei einem vom Kalenderjahr abweichenden Wirtschaftsjahr

Umstellung des Wirtschaftsjahres

(1) [1]Eine Umstellung des Wirtschaftsjahres liegt nicht vor, wenn ein Stpfl., der Inhaber eines Betriebs ist, einen weiteren Betrieb erwirbt und für diesen Betrieb ein anderes Wirtschaftsjahr als der Rechtsvorgänger wählt. [2]Werden mehrere bisher getrennt geführte Betriebe eines Stpfl. zu einem Betrieb zusammengefasst, und führt der Stpfl. das abweichende Wirtschaftsjahr für einen der Betriebe fort, liegt keine zustimmungsbedürftige Umstellung des Wirtschaftsjahres vor.

---

[1] G v. 22.9.1998, BGBl. II 1998, 2327.

[2] **Habersack Ergänzungsband** Nr. **82**.

[3] **Habersack** Nr. **74** (GWB); Nr. **51** (AktG); Nr. **53** (GenG).

[4] G v. 31.7.2009, BGBl. I 2009, 2512, zuletzt geänd. durch G v. 3.6.2021, BGBl. I 2021, 1423.

und Kinostartkosten (Vermarktungskostenzuschuss), kann darin ungeachtet der Bezeichnung als verlorener Zuschuss die Gewährung eines partiarischen Darlehens gesehen werden, wenn mit der Zahlung eine Erhöhung der Lizenzgebühren verbunden und die Rückzahlung des Betrages abgesichert ist. Folglich dürfen weder in Höhe des vollen Vermarktungskostenzuschusses Betriebsausgaben angesetzt noch ein aktiver Rechnungsabgrenzungsposten berücksichtigt werden (→ BFH vom 21.5.2015 – BStBl. II S. 772).
– Zur Passivierung eines nur aus zukünftigen Verwertungserlösen zu bedienenden Filmförderdarlehens → H 5.1 (Passivierungsverbot nach § 5 Abs. 2a EStG).

Finanzierungskosten.[1)]
– Für ein bei der Ausgabe einer festverzinslichen Schuldverschreibung mit bestimmter Laufzeit vereinbartes Disagio ist in der Steuerbilanz ein Rechnungsabgrenzungsposten zu aktivieren (→ BFH vom 29.11.2006 – BStBl. 2009 II S. 955).
– → H 6.10 (Damnum, Kreditbedingungen, Umschuldung, Vermittlungsprovision, Zinsfestschreibung).

Forfaitierung von Forderungen aus Leasing-Verträgen. → BMF vom 9.1.1996 (BStBl. I S. 9) und → BFH vom 24.7.1996 (BStBl. 1997 II S. 122). Abweichend von Abschnitt III 2 Buchstabe b des BMF-Schreibens vom 9.1.1996 ist bei der sog. Restwertfortfaitierung aus Teilarmortisationsverträgen die Zahlung des Dritten an den Leasinggeber steuerlich als ein Darlehen an den Leasinggeber zu beurteilen. Die Forfaitierungserlöse sind von ihm nicht als Erträge aus zukünftigen Perioden passiv abzugrenzen, sondern als Verbindlichkeiten auszuweisen und bis zum Ablauf der Grundmietzeit ratierlich aufzuzinsen (→ BFH vom 8.11.2000 – BStBl. 2001 II S. 722).

Garantiegebühr. Wegen vereinnahmter Garantiegebühr gebildeter passiver Rechnungsabgrenzungsposten ist während der Garantiezeit insoweit aufzulösen, als die Vergütung auf den bereits abgelaufenen Garantiezeitraum entfällt (→ BFH vom 23.3.1995 – BStBl. II S. 772).

Gewinnermittlung nach § 4 Abs. 1 EStG. R 5.6 gilt bei der Gewinnermittlung nach § 4 Abs. 1 EStG sinngemäß (→ § 141 Abs. 1 Satz 2 AO, BFH vom 20.11.1980 – BStBl. 1981 II S. 398).

Honorare. Sind im Voraus erhaltene Honorare zeitraumbezogen und besteht für den gesamten Zeitraum eine Dauerverpflichtung, ist für die anteilig auf folgende Wj. entfallenden Honorare ein passiver Rechnungsabgrenzungsposten zu bilden (→ BFH vom 10.9.1998 – BStBl. 1999 II S. 21).

Investitionszuschüsse.
– Soweit Zuschüsse zu Anschaffungs- oder Herstellungskosten eines Wirtschaftsgutes geleistet werden, sind sie nicht passiv abzugrenzen (→ BFH vom 22.1.1992 – BStBl. II S. 488).
– → R 6.5.

[1)] Zur Rechnungsabgrenzung bei einem vom Darlehensnehmer zu zahlenden „Bearbeitungsentgelt" siehe BFH v. 22.6.2011 I R 7/10, BStBl. II 2011, 870.

Kraftfahrzeugsteuer. Für gezahlte Kraftfahrzeugsteuer ist ein Rechnungsabgrenzungsposten zu aktivieren, soweit die Steuer auf die voraussichtliche Zulassungszeit des Fahrzeuges im nachfolgenden Wj. entfällt (→ BFH vom 19.5.2010 – BStBl. II S. 967).[1]

Leasingvertrag mit degressiven Leasingraten – Behandlung beim Leasingnehmer.

- **Immobilienleasing.** Bilanzsteuerrechtlich ist die Summe der während der vertraglichen Grundmietzeit geschuldeten Jahresmieten in jährlich gleichbleibenden Beträgen auf die Grundmietzeit zu verteilen und demgemäß der Teil der vertraglichen Jahresmieten, der in den ersten Jahren der Grundmietzeit über den sich für die gesamte Grundmietzeit ergebenden Jahresaufwand hinausgeht, zu aktivieren (→ BFH vom 12.8.1982 – BStBl. II S. 696 und → BMF vom 10.10.1983 – BStBl. I S. 431).
- **Mobilienleasing.** Für degressive Raten beim Leasing beweglicher Wirtschaftsgüter des Anlagevermögens ist kein aktiver Rechnungsabgrenzungsposten zu bilden (→ BFH vom 28.2.2001 – BStBl. II S. 645).

Maklerprovision. Für Maklerprovisionen im Zusammenhang mit dem Abschluss eines Mietvertrages kann kein aktiver Rechnungsabgrenzungsposten gebildet werden (→ BFH vom 19.6.1997 – BStBl. II S. 808).

Mobilfunkdienstleistungsverträge. Vergünstigungen im Zusammenhang mit dem Abschluss von Mobilfunkdienstleistungsverträgen → BMF vom 20.6.2005 (BStBl. I S. 801) und → BFH vom 15.5.2013 (BStBl. II S. 730).

Öffentlich Private Partnerschaft – ÖPP – (auch Public Private Partnership – PPP –).

- Zum A-Modell → BMF vom 4.10.2005 (BStBl. I S. 916).
- Zur Anwendbarkeit auf andere Modelle und zur Bildung eines Passivpostens für künftige Instandhaltungsaufwendungen → BMF vom 27.5.2013 (BStBl. I S. 722).

Öffentlich-rechtliche Verpflichtungen. Die Bildung passiver Rechnungsabgrenzungsposten ist nicht auf Fälle beschränkt, in denen Vorleistungen im Rahmen eines gegenseitigen Vertrags erbracht werden (→ BFH vom 26.6.1979 – BStBl. II S. 625). Sie kann auch in Fällen geboten sein, in denen die gegenseitigen Verpflichtungen ihre Grundlage im öffentlichen Recht haben (→ BFH vom 17.9.1987 – BStBl. 1988 II S. 327).

Urlaubsgeld bei abweichendem Wirtschaftsjahr. Es hängt von den Vereinbarungen der Vertragspartner ab, ob Urlaubsgeld, das bei einem abweichenden Wj. vor dem Bilanzstichtag für das gesamte Urlaubsjahr bezahlt wird, anteilig aktiv abzugrenzen ist (→ BFH vom 6.4.1993 – BStBl. II S. 709).

Zeitbezogene Gegenleistung. Der Vorleistung des einen Vertragsteils muss eine zeitbezogene Gegenleistung des Vertragspartners gegenüberstehen (→ BFH vom 11.7.1973 – BStBl. II S. 840 und vom 4.3.1976 – BStBl. 1977 II S. 380) und der Zeitraum, auf den sich die Vorleistung des einen Vertragsteils bezieht, muss bestimmt sein (→ BFH vom 7.3.1973 – BStBl. II S. 565).

---

[1] Zur Aktivierungspflicht bei geringfügigen Beträgen siehe BFH v. 16.3.2021 X R 34/19, BStBl. II 2021, 844.

H 6.3

Abraumvorrat. Kosten der Schaffung eines Abraumvorrats bei der Mineralgewinnung sind Herstellungskosten (→ BFH vom 23.11.1978 – BStBl. 1979 II S. 143).

Ausnutzung von Produktionsanlagen. Die nicht volle Ausnutzung von Produktionsanlagen führt nicht zu einer Minderung der in die Herstellungskosten einzubeziehenden Fertigungsgemeinkosten, wenn sich die Schwankung in der Kapazitätsausnutzung aus der Art der Produktion, wie z.B. bei einer Zuckerfabrik als Folge der Abhängigkeit von natürlichen Verhältnissen, ergibt (→ BFH vom 15.2.1966 – BStBl. III S. 468); → R 6.3 Abs. 7.

Bewertungswahlrecht. Ein handelsrechtliches Bewertungswahlrecht führt steuerrechtlich zum Ansatz des höchsten nach Handels- und Steuerrecht zulässigen Werts, soweit nicht auch steuerrechtlich ein inhaltsgleiches Wahlrecht besteht (→ BFH vom 21.10.1993 – BStBl. 1994 II S. 176).

Geldbeschaffungskosten gehören nicht zu den Herstellungskosten (→ BFH vom 24.5.1968 – BStBl. II S. 574).

Halbfertige Arbeiten.

- Bei Wirtschaftsgütern, die am Bilanzstichtag noch nicht fertiggestellt sind, mit deren Herstellung aber bereits begonnen worden ist, sind die bis zum Bilanzstichtag angefallenen Herstellungskosten zu aktivieren, soweit nicht von ihrer Einbeziehung abgesehen werden kann (→ BFH vom 23.11.1978 – BStBl. 1979 II S. 143).
- → H 6.1 und → H 6.7 (Halbfertige Bauten auf fremdem Grund und Boden).

Herstellungskosten. Begriff und Umfang → § 255 Abs. 2 HGB sowie BFH vom 4.7.1990 (BStBl. II S. 830).

Kalkulatorische Kosten. Kalkulatorische Kosten sind nicht tatsächlich entstanden und rechnen deshalb **nicht** zu den Herstellungskosten. Das gilt z.B. für:

- **Zinsen für Eigenkapital** (→ BFH vom 30.6.1955 – BStBl. III S. 238).
- **Wert der eigenen Arbeitsleistung** (fiktiver Unternehmerlohn des Einzelunternehmers → BFH vom 10.5.1995 – BStBl. II S. 713); nicht dagegen Tätigkeitsvergütung i.S.d. § 15 Abs. 1 Satz 1 Nr. 2 EStG, die dem Gesellschafter von der Gesellschaft im Zusammenhang mit der Herstellung eines Wirtschaftsguts gewährt wird (→ BFH vom 8.2.1996 – BStBl. II S. 427) → H 6.4 (Arbeitsleistung).

Vorsteuerbeträge. Zur Behandlung von Vorsteuerbeträgen, die nach dem UStG nicht abgezogen werden können, als Herstellungskosten → § 9b Abs. 1 EStG.[1]

Zinsen für Fremdkapital. → § 255 Abs. 3 HGB sowie R 6.3 Abs. 5.

---

[1] Vgl. auch R 9b EStR und H 9b EStH.

R 6.4 Aufwendungen im Zusammenhang mit einem Grundstück

Anschaffungsnahe Herstellungskosten

(1) [1]Zu den Instandsetzungs- und Modernisierungsmaßnahmen i. S. d. § 6 Abs. 1 Nr. 1a EStG gehört auch die Beseitigung versteckter Mängel. [2]Bei teilentgeltlichem Erwerb des Gebäudes können anschaffungsnahe Herstellungskosten nur im Verhältnis zum entgeltlichen Teil des Erwerbsvorgangs gegeben sein.

Kinderspielplatz

(2) [1]Entstehen dem Stpfl. Aufwendungen für die Anlage eines Kinderspielplatzes im Zusammenhang mit der Errichtung eines Wohngebäudes, liegen nur dann Herstellungskosten des Gebäudes vor, wenn die Gemeinde als Eigentümerin den Kinderspielplatz angelegt und dafür Beiträge von den Grundstückseigentümern erhoben hat. [2]In allen anderen Fällen (Errichtung des Spielplatzes auf einem Grundstück des Stpfl. oder als gemeinsamer Spielplatz mit anderen Hauseigentümern) entsteht durch die Aufwendungen ein selbständig zu bewertendes Wirtschaftsgut, dessen Nutzungsdauer im Allgemeinen mit zehn Jahren angenommen werden kann.

H 6.4

Abbruchkosten.[1] Wird ein Gebäude oder ein Gebäudeteil abgerissen, sind für die steuerrechtliche Behandlung folgende Fälle zu unterscheiden:

1. Der Stpfl. hatte das Gebäude auf einem ihm bereits gehörenden Grundstück errichtet,
2. der Stpfl. hat das Gebäude in der Absicht erworben, es als Gebäude zu nutzen (Erwerb ohne Abbruchabsicht),
3. der Stpfl. hat das Gebäude zum Zweck des Abbruchs erworben (Erwerb mit Abbruchabsicht),[2]
4. der Stpfl. plant den Abbruch eines zum Privatvermögen gehörenden Gebäudes und die Errichtung eines zum Betriebsvermögen gehörenden Gebäudes (Einlage mit Abbruchabsicht),

aber: → Abbruchkosten bei vorheriger Nutzung außerhalb der Einkünfteerzielung.

In den Fällen der **Nr. 1 und 2** sind im Jahr des Abbruchs die Abbruchkosten und der Restbuchwert des abgebrochenen Gebäudes sofort abziehbare Betriebsausgaben (zu Nr. 1 → BFH vom 21.6.1963 – BStBl. III S. 477 und vom 28.3.1973 – BStBl. II S. 678, zu Nr. 2 → BFH vom 12.6.1978 – BStBl. II S. 620). Dies gilt auch bei einem in Teilabbruchabsicht erworbenen Gebäude für die Teile, deren Abbruch nicht geplant war. Die darauf entfallenden Abbruchkosten und der anteilige Restbuchwert sind ggf. im Wege der Schätzung zu ermitteln (→ BFH vom 15.10.1996 – BStBl. 1997 II S. 325).

Im Fall der **Nr. 3** gilt Folgendes:

a) War das Gebäude technisch oder wirtschaftlich nicht verbraucht, gehören sein Buchwert und die Abbruchkosten, wenn der Abbruch des Ge-

---

[1] Vgl. auch H 6b.1 EStH (Abbruchkosten).

[2] Zum Erwerb in Abbruchabsicht bei unentgeltlicher Betriebsübertragung nach § 6 Abs. 3 EStG siehe BFH v. 27.5.2020 III R 17/19, BStBl. II 2021, 748.

ist zu **verneinen**

- bei Ausübung eines Wiederkaufsrechts durch die Gemeinde (→ BFH vom 21.2.1978 – BStBl. II S. 428),
- bei Aufstellung eines Bebauungsplans, der die bisherige Nutzung des Grundstücks wegen Bestandsschutzes unberührt lässt, selbst wenn dadurch eine sinnvolle Betriebserweiterung oder -umstellung ausgeschlossen wird; bei Veräußerungen zur Durchführung erforderlicher Maßnahmen zur Strukturanpassung kann aber eine Gewinnverwirklichung unter den Voraussetzungen der §§ 6b, 6c EStG vermieden werden (→ BFH vom 14.11.1990 – BStBl. 1991 II S. 222),
- bei Veräußerung infolge einer wirtschaftlichen Zwangslage, selbst wenn die Unterlassung der Veräußerung unter Berücksichtigung aller Umstände eine wirtschaftliche Fehlmaßnahme gewesen wäre (→ BFH vom 20.8.1964 – BStBl. III S. 504),
- bei Tausch von Grundstücken oder Veräußerung eines Grundstücks und Erwerb eines Ersatzgrundstücks, wenn lediglich ein gewisses öffentliches Interesse an den Maßnahmen besteht (→ BFH vom 29.3.1979 – BStBl. II S. 412),
- bei privatrechtlich bedingten Zwangssituationen auf Grund zivilrechtlicher Vorgaben, z. B. bei der Übertragung von Aktien gegen Barabfindung gem. § 327a AktG, sog. Squeeze-out (→ BFH vom 13.10.2010 – BStBl. 2014 II S. 943).

Höhere Gewalt

ist zu **bejahen**

- bei Abriss eines Gebäudes wegen erheblicher, kurze Zeit nach der Fertigstellung auftretender Baumängel (→ BFH vom 18.9.1987 – BStBl. 1988 II S. 330),
- bei Ausscheiden eines Wirtschaftsgutes infolge eines unverschuldet erlittenen Verkehrsunfalls (→ BFH vom 14.10.1999 – BStBl. 2001 II S. 130); → auch R 6.6 Abs. 2 Satz 1;

ist zu **verneinen**

- bei Unbrauchbarwerden einer Maschine infolge eines Material- oder Konstruktionsfehlers oder eines Bedienungsfehlers (→ BFH vom 15.5.1975 – BStBl. II S. 692).

R 6.6 (3)

Übertragung aufgedeckter stiller Reserven

(3) [1]Bei einem ausgeschiedenen Betriebsgrundstück mit aufstehendem Gebäude können beim Grund und Boden und beim Gebäude aufgedeckte stille Reserven jeweils auf neu angeschafften Grund und Boden oder auf ein neu angeschafftes oder hergestelltes Gebäude übertragen werden. [2]Soweit eine Übertragung der bei dem Grund und Boden aufgedeckten stillen Reserven auf die Anschaffungskosten des erworbenen Grund und Bodens nicht möglich ist, können die stillen Reserven auf die Anschaffungs- oder Herstellungskosten des Gebäudes übertragen werden. [3]Entsprechendes gilt für die bei dem Gebäude aufgedeckten stillen Reserven.

H 6.6 (3)

Buchwert. Wegen des Begriffs Buchwert → R 6b.1 Abs. 2.

Mehrentschädigung. Scheidet ein Wirtschaftsgut gegen Barzahlung und gegen Erhalt eines Ersatzwirtschaftsguts aus dem Betriebsvermögen aus oder wird die für das Ausscheiden eines Wirtschaftsguts erhaltene Entschädigung nicht in voller Höhe zur Beschaffung eines Ersatzwirtschaftsguts verwendet, dürfen die aufgedeckten stillen Reserven nur anteilig auf das Ersatzwirtschaftsgut übertragen werden (→ BFH vom 3.9.1957 – BStBl. III S. 386).

Beispiel:

Letzter Buchwert des ausgeschiedenen Wirtschaftsguts	30 000 €
Entschädigung oder Gegenleistung für das ausgeschiedene Wirtschaftsgut (Wert des Ersatzwirtschaftsguts zuzüglich der erhaltenen Barzahlung)	50 000 €
Aufgedeckte stille Reserven	20 000 €
Anschaffungs- oder Herstellungskosten des Ersatzwirtschaftsguts	40 000 €
Zu übertragende stille Reserven anteilig $\frac{20\,000 \times 40\,000}{50\,000}$	16 000 €
Das Ersatzwirtschaftsgut wird angesetzt mit (40 000 € – 16 000 € =)	24 000 €
Steuerpflichtiger Gewinn in Höhe der nicht übertragbaren stillen Reserven (20 000 € – 16 000 € =)	4 000 €

Teilwertabschreibung. Eine Teilwertabschreibung auf das Ersatzwirtschaftsgut ist nur möglich, wenn der nach der Übertragung der stillen Reserven verbleibende Betrag höher ist als der Teilwert (→ BFH vom 5.2.1981 – BStBl. II S. 432).

Übertragung aufgedeckter stiller Reserven. Die zu übertragenden stillen Reserven bemessen sich auch dann nach dem Unterschied zwischen der Entschädigung und dem Buchwert des ausgeschiedenen Wirtschaftsguts, wenn die Entschädigung höher ist als der Teilwert (→ BFH vom 9.12.1982 – BStBl. 1983 II S. 371).

Vorherige Anschaffung. Die Gewinnverwirklichung wegen eines behördlichen Eingriffs kann auch vermieden werden, wenn das Ersatzwirtschaftsgut vor dem Eingriff angeschafft oder hergestellt wurde. Erforderlich ist jedoch ein ursächlicher Zusammenhang zwischen Veräußerung und Ersatzbeschaffung (→ BFH vom 12.6.2001 – BStBl. II S. 830).

R 6.6 (4)

Rücklage für Ersatzbeschaffung[1)]

(4) [1] Soweit am Schluss des Wirtschaftsjahres, in dem das Wirtschaftsgut aus dem Betriebsvermögen ausgeschieden ist, noch keine Ersatzbeschaffung vorgenommen wurde, kann in Höhe der aufgedeckten stillen Reserven eine steu-

---

[1)] BMF v. 15.12.2021, BStBl. I 2021, 2475: Die in Abs. 4 Satz 3 bis 6 EStR geregelten Fristen für die Ersatzbeschaffung verlängern sich jeweils um zwei Jahre, wenn sie in einem nach dem 29.2.2020 und vor dem 1.1.2021 endenden Wj. ablaufen würden; sie verlängern sich um ein Jahr, wenn sie in einem nach dem 31.12.2020 und vor dem 1.1.2022 endenden Wj. ablaufen würden.

erfreie Rücklage gebildet werden, wenn zu diesem Zeitpunkt eine Ersatzbeschaffung ernstlich geplant und zu erwarten ist. [2]Die Nachholung der Rücklage für Ersatzbeschaffung in einem späteren Wirtschaftsjahr ist nicht zulässig. [3]Eine Rücklage, die auf Grund des Ausscheidens eines beweglichen Wirtschaftsgutes gebildet wurde, ist am Schluss des ersten auf ihre Bildung folgenden Wirtschaftsjahres gewinnerhöhend aufzulösen, wenn bis dahin ein Ersatzwirtschaftsgut weder angeschafft noch hergestellt worden ist. [4]Die Frist von einem Jahr verlängert sich bei einer Rücklage, die auf Grund des Ausscheidens eines Wirtschaftsgutes i. S. d. § 6b Abs. 1 Satz 1 EStG gebildet wurde, auf vier Jahre; bei neu hergestellten Gebäuden verlängert sich die Frist auf sechs Jahre. [5]Die Frist von einem Jahr kann im Einzelfall angemessen auf bis zu vier Jahre verlängert werden, wenn der Stpfl. glaubhaft macht, dass die Ersatzbeschaffung noch ernstlich geplant und zu erwarten ist, aber aus besonderen Gründen noch nicht durchgeführt werden konnte. [6]Eine Verlängerung auf bis zu sechs Jahre ist möglich, wenn die Ersatzbeschaffung im Zusammenhang mit der Neuherstellung eines Gebäudes i. S. d. Satzes 4 2. Halbsatz erfolgt. [7]Zur Erfüllung der Aufzeichnungspflichten nach § 5 Abs. 1 Satz 2 EStG ist bei der Bildung der steuerfreien Rücklage der Ansatz in der Steuerbilanz ausreichend. [8]Im Zeitpunkt der Ersatzbeschaffung ist die Rücklage durch Übertragung auf die Anschaffungs- oder Herstellungskosten des Ersatzwirtschaftsgutes aufzulösen. [9]Absatz 3 gilt entsprechend.

H 6.6 (4)

Betriebsaufgabe/Betriebsveräußerung. Wegen der Besteuerung eines Gewinns aus der Auflösung einer Rücklage für Ersatzbeschaffung anlässlich der Veräußerung oder Aufgabe eines Betriebs → H 16 (9) Rücklage.

R 6.6 (5)

Gewinnermittlung nach § 4 Abs. 3 EStG[1)]

(5) [1]Die vorstehenden Grundsätze gelten bei Gewinnermittlung durch Einnahmenüberschussrechnung sinngemäß. [2]Ist die Entschädigungsleistung höher als der im Zeitpunkt des Ausscheidens noch nicht abgesetzte Teil der Anschaffungs- oder Herstellungskosten, kann der darüber hinausgehende Betrag im Wirtschaftsjahr der Ersatzbeschaffung von den Anschaffungs- oder Herstellungskosten des Ersatzwirtschaftsgutes sofort voll abgesetzt werden. [3]Fließt die Entschädigungsleistung nicht in dem Wirtschaftsjahr zu, in dem der Schaden entstanden ist, ist es aus Billigkeitsgründen nicht zu beanstanden, wenn der Stpfl. den noch nicht abgesetzten Betrag der Anschaffungs- oder Herstellungskosten des ausgeschiedenen Wirtschaftsgutes in dem Wirtschaftsjahr berücksichtigt, in dem die Entschädigung geleistet wird. [4]Wird der Schaden nicht in dem Wirtschaftsjahr beseitigt, in dem er eingetreten ist oder in dem die Entschädigung gezahlt wird, ist es aus Billigkeitsgründen auch nicht zu beanstanden, wenn sowohl der noch nicht abgesetzte Betrag der Anschaffungs- oder Herstellungskos-

---

1) BMF v. 15.12.2021, BStBl. I 2021, 2475: Die in Abs. 7 Satz 3 bis 4 EStR geregelten Fristen für die Ersatzbeschaffung verlängern sich jeweils um zwei Jahre, wenn sie in einem nach dem 29.2.2020 und vor dem 1.1.2021 endenden Wj. ablaufen würden; sie verlängern sich um ein Jahr, wenn sie in einem nach dem 31.12.2020 und vor dem 1.1.2022 endenden Wj. ablaufen würden.

ten des ausgeschiedenen Wirtschaftsgutes als auch die Entschädigungsleistung erst in dem Wirtschaftsjahr berücksichtigt werden, in dem der Schaden beseitigt wird. [5] Voraussetzung ist, dass die Anschaffung oder Herstellung eines Ersatzwirtschaftsgutes am Schluss des Wirtschaftsjahres, in dem der Schadensfall eingetreten ist, ernstlich geplant und zu erwarten ist und das Ersatzwirtschaftsgut bei beweglichen Gegenständen bis zum Schluss des ersten, bei Wirtschaftsgütern i. S. d. § 6b Abs. 1 Satz 1 EStG bis zum Schluss des vierten und bei neu hergestellten Gebäuden bis zum Schluss des sechsten Wirtschaftsjahres, das auf das Wirtschaftsjahr des Eintritts des Schadensfalles folgt, angeschafft oder hergestellt oder bestellt worden ist. [6] Absatz 4 Satz 5 und 6 gilt entsprechend.

H 6.6 (5)

Wechsel der Gewinnermittlungsart. Eine Rücklage für Ersatzbeschaffung kann auch fortgeführt werden, wenn der Stpfl. von der Gewinnermittlung durch Betriebsvermögensvergleich zur Einnahmenüberschussrechnung übergeht (→ BFH vom 29.4.1999 – BStBl. II S. 488).

R 6.6 (6, 7)

Gewinnermittlung nach Durchschnittssätzen

(6) Wird der Gewinn nach Durchschnittssätzen gem. § 13a EStG ermittelt, sind das zwangsweise Ausscheiden von Wirtschaftsgütern und die damit zusammenhängenden Entschädigungsleistungen auf Antrag nicht zu berücksichtigen, wenn eine Ersatzbeschaffung zeitnah vorgenommen wird; die Fristen in Absatz 4 Satz 3 bis 6 gelten entsprechend.

Beschädigung[1)]

(7) [1] Erhält der Stpfl. für ein Wirtschaftsgut, das infolge höherer Gewalt oder eines behördlichen Eingriffs beschädigt worden ist, eine Entschädigung, kann in Höhe der Entschädigung eine Rücklage gebildet werden, wenn das Wirtschaftsgut erst in einem späteren Wirtschaftsjahr repariert wird. [2] Die Rücklage ist im Zeitpunkt der Reparatur in voller Höhe aufzulösen. [3] Ist die Reparatur bei beweglichen Gegenständen am Ende des ersten und bei Wirtschaftsgütern i. S. d. § 6b Abs. 1 Satz 1 EStG Ende des vierten auf die Bildung der Rücklage folgenden Wirtschaftsjahres noch nicht durchgeführt, ist die Rücklage zu diesem Zeitpunkt aufzulösen. [4] Absatz 4 Satz 5 und 7 gilt entsprechend.

H 6.6 (7)

Beispiel für den Fall der Beschädigung:

Beschädigung des Wirtschaftsguts im Jahr 01, Versicherungsleistung auf Grund der Beschädigung im Jahr 01 50 000 €; Schadensbeseitigung im Jahr 02, Reparaturaufwand 49 000 €.

Rücklage für Ersatzbeschaffung im Jahr 01 (Entschädigung 50 000 €)	50 000 €
Reparaturaufwand im Jahr 02	49 000 €
Erfolgswirksame Rücklagenauflösung im Jahr 02 in voller Höhe	50 000 €
Steuerpflichtiger Gewinn	1 000 €

---

1) BMF v. 15.12.2021, BStBl. I 2021, 2475: Die in Abs. 4 Satz 3 bis 6 EStR geregelten Fristen für die Ersatzbeschaffung verlängern sich jeweils um zwei Jahre, wenn sie in einem nach dem 29.2.2020 und vor dem 1.1.2021 endenden Wj. ablaufen würden; sie verlängern sich um ein Jahr, wenn sie in einem nach dem 31.12.2020 und vor dem 1.1.2022 endenden Wj. ablaufen würden.

Methoden der Lifo-Bewertung

(4) [1]Die Bewertung nach der Lifo-Methode kann sowohl durch permanente Lifo als auch durch Perioden-Lifo erfolgen. [2]Die permanente Lifo setzt eine laufende mengen- und wertmäßige Erfassung aller Zu- und Abgänge voraus. [3]Bei der Perioden-Lifo wird der Bestand lediglich zum Ende des Wirtschaftsjahres bewertet. [4]Dabei können Mehrbestände mit dem Anfangsbestand zu einem neuen Gesamtbestand zusammengefasst oder als besondere Posten (Layer) ausgewiesen werden. [5]Bei der Wertermittlung für die Mehrbestände ist von den Anschaffungs- oder Herstellungskosten der ersten Lagerzugänge des Wirtschaftsjahres oder von den durchschnittlichen Anschaffungs- oder Herstellungskosten aller Zugänge des Wirtschaftsjahres auszugehen. [6]Minderbestände sind beginnend beim letzten Layer zu kürzen.

Wechsel der Bewertungsmethoden

(5) [1]Von der Lifo-Methode kann in den folgenden Wirtschaftsjahren nur mit Zustimmung des Finanzamts abgewichen werden (§ 6 Abs. 1 Nr. 2a Satz 3 EStG). [2]Der Wechsel der Methodenwahl bei Anwendung der Lifo-Methode (→ Absatz 4) bedarf nicht der Zustimmung des Finanzamts. [3]Der Grundsatz der Bewertungsstetigkeit ist jedoch zu beachten.

Niedrigerer Teilwert

(6) [1]Wird der Ansatz des niedrigeren Teilwerts gewählt (§ 6 Abs. 1 Nr. 2 Satz 2 EStG), ist der Teilwert der zu einer Gruppe zusammengefassten Wirtschaftsgüter mit dem Wertansatz, der sich nach Anwendung der Lifo-Methode ergibt, zu vergleichen. [2]Hat der Stpfl. Layer gebildet (→ Absatz 4), ist der Wertansatz des einzelnen Layer mit dem Teilwert zu vergleichen und kann gegebenenfalls gesondert auf den niedrigeren Teilwert abgeschrieben werden.

Übergang zur Lifo-Methode

(7) Der beim Übergang zur Lifo-Methode vorhandene Warenbestand ist mit dem steuerrechtlich zulässigen Wertansatz fortzuführen, den der Stpfl. in der Handelsbilanz des Wirtschaftsjahres gewählt hat, das dem Wirtschaftsjahr des Übergangs zur Lifo-Methode vorangeht (Ausgangswert).

H 6.9

Bewertungsstetigkeit. → § 252 Abs. 1 Nr. 6 HGB.[1)]

Gebrauchtwagen. Keine Anwendung der sog. Lifo-Methode → BFH vom 20.6.2000 (BStBl. 2001 II S. 636).

Grundsätze ordnungsmäßiger Buchführung. Eine Bewertung nach der sog. Lifo-Methode entspricht nicht den handelsrechtlichen Grundsätzen ordnungsmäßiger Buchführung und ist deshalb auch steuerrechtlich ausgeschlossen, wenn Vorräte mit – absolut betrachtet – hohen Erwerbsaufwendungen in Frage stehen, die Anschaffungskosten ohne Weiteres identifiziert und den einzelnen Vermögensgegenständen angesichts derer individueller Merkmale ohne Schwierigkeiten zugeordnet werden können (→ BFH vom 20.6.2000 – BStBl. 2001 II S. 636).

[1)] **Habersack** Nr. **50**.

Lifo-Methode. → BMF vom 12.5.2015 (BStBl. I S. 462).

R 6.10 Bewertung von Verbindlichkeiten *(unbesetzt)*

H 6.10

Abzinsung. Grundsätze für die Abzinsung von Verbindlichkeiten nach § 6 Abs. 1 Nr. 3 EStG → BMF vom 26.5.2005 (BStBl. I S. 699).[1]

Anschaffungskosten. Als Anschaffungskosten einer Verbindlichkeit gilt der Nennwert (Rückzahlungsbetrag) der Verbindlichkeit (→ BFH vom 4.5. 1977 – BStBl. II S. 802).

Bearbeitungsgebühren. Gebühren, die ein Schuldner an ein Kreditinstitut für die Übernahme einer Bürgschaft zu zahlen hat, sind auf die Zeit, für die sich das Kreditinstitut vertraglich verbürgt hat, aktiv abzugrenzen → BFH vom 19.1.1978 (BStBl. II S. 262).

Damnum.[2]

- Darlehensschulden, bei denen der dem Schuldner zugefallene Betrag (Ausgabebetrag) niedriger als der Rückzahlungsbetrag ist, sind mit dem Rückzahlungsbetrag anzusetzen; der Unterschiedsbetrag (Agio, Disagio, Damnum, Abschluss-, Bearbeitungs- oder Verwaltungsgebühren) ist als Rechnungsabgrenzungsposten auf die Laufzeit des Darlehens zu verteilen (→ BFH vom 19.1.1978 – BStBl. II S. 262).
- → aber Zinsfestschreibung.

Eiserne Verpachtung. Zur Gewinnermittlung bei der Verpachtung von Betrieben mit Substanzerhaltungspflicht des Pächters nach §§ 582a, 1048 BGB → BMF vom 21.2.2002 (BStBl. I S. 262).

Fremdwährungsverbindlichkeiten. Voraussichtlich dauernde Werterhöhung bei Kursschwankungen unterliegenden Verbindlichkeiten → BMF vom 2.9.2016 (BStBl. I S. 995).[3]

Kreditbedingungen. Eine Verbesserung der allgemeinen Kreditbedingungen seit der Darlehensaufnahme rechtfertigt es nicht, einen bei der Kreditaufnahme aktivierten Rechnungsabgrenzungsposten niedriger anzusetzen (→ BFH vom 20.11.1969 – BStBl. 1970 II S. 209).

Optionsprämie. → H 4.2 (15).

Passivierungsverbot nach § 5 Abs. 2a EStG. → H 5.1.

Pfandverbindlichkeiten. → H 6.1 (Leergut in der Getränkeindustrie).

---

[1] Zur Abzinsung unverzinslicher Gesellschafterdarlehen siehe auch BFH v. 6.10.2009 I R 4/08, BStBl. II 2010, 177, und v. 27.1.2010 I R 35/09, BStBl. II 2010, 478. – Zur Abzinsung unverzinslicher Angehörigendarlehen siehe BFH v. 13.7.2017 VI R 62/15, BStBl. II 2018, 15. – Zu einer Verzinsungsabrede vor dem Bilanzstichtag und Beginn des Zinslaufs erst nach dem Bilanzstichtag siehe BFH v. 18.9.2018 XI R 30/16, BStBl. II 2019, 67. – Zu einer rückwirkend vereinbarten Verzinsung eines zunächst unverzinslich gewährten Darlehens siehe BFH v. 22.5.2019 X R 19/17, BStBl. II 2019, 795.

[2] Siehe auch BFH v. 29.11.2006 I R 46/05, BStBl. II 2009, 955.

[3] Zur Teilwertzuschreibung bei fundamentaler Änderung der wirtschaftlichen oder währungspolitischen Daten siehe BFH v. 10.6.2021 IV R 18/18, DStR 2021, 2518.

Einlagewert nach vorangegangener Entnahme. Der Einlagewert nach § 6 Abs. 1 Nr. 5 Satz 3 EStG ist auch dann anzusetzen, wenn die vorangegangene Entnahme aus dem Betriebsvermögen steuerfrei gewesen ist (→ BFH vom 20.4.2005 – BStBl. II S. 698).

Geringwertiges Wirtschaftsgut. Sind bei Einlage innerhalb von drei Jahren nach der Anschaffung oder Herstellung die Anschaffungs- oder Herstellungskosten während der Zugehörigkeit des Wirtschaftsguts zum Privatvermögen nach § 9 Abs. 1 Satz 3 Nr. 7 Satz 2 EStG in voller Höhe als Werbungskosten abgesetzt worden, beträgt der Einlagewert 0 € (→ BFH vom 27.1.1994 – BStBl. II S. 638).

Nutzungen. Die Entnahme von Nutzungen ist mit den tatsächlichen Selbstkosten des Stpfl. zu bewerten (→ BFH vom 24.5.1989 – BStBl. 1990 II S. 8).

Private Kraftfahrzeugnutzung.
- → BMF vom 18.11.2009 (BStBl. I S. 1326) unter Berücksichtigung der Änderungen durch BMF vom 15.11.2012 (BStBl. I S. 1099).[1]
- Bei Nutzung von Elektro- und Hybridelektrofahrzeugen → *BMF vom 5.6.2014 (BStBl. I S. 835).*[2]
- Bei Nutzung von Brennstoffzellenfahrzeugen → *BMF vom 24.1.2018 (BStBl. I S. 272).*[2]
- → H 12.4 (Umsatzsteuer bei Anwendung der 1%-Regelung).

Teilwert.
- Bei Einlagen im Zusammenhang mit einer Betriebseröffnung entspricht der Teilwert grundsätzlich dem gemeinen Wert der eingelegten Wirtschaftsgüter. Anschaffungsnebenkosten sind dabei zu berücksichtigen (→ BFH vom 29.4.1999 – BStBl. 2004 II S. 639).
- Ein geschenktes Wirtschaftsgut ist auch dann mit dem Teilwert ins Betriebsvermögen des Beschenkten einzulegen, wenn der Schenker das eingelegte Wirtschaftsgut innerhalb der letzten drei Jahre vor der Einlage angeschafft, hergestellt oder entnommen hat (→ BFH vom 14.7.1993 – BStBl. 1994 II S. 15).

Übertragung eines Kommanditanteils unter dem Buchwert des Anteils. Annahme einer Einlage in Höhe der Differenz zwischen fortzuführendem Buchwert und fehlendem oder niedrigerem Erwerbspreis bei privat veranlasster unentgeltlicher oder teilentgeltlicher Übertragung eines Kommanditanteils unter dem Buchwert des Anteils (→ BFH vom 7.2.1995 – BStBl. II S. 770).

Verdeckte Einlage.
- Die Bewertung der verdeckten Einlage einer Beteiligung i. S. d. § 17 Abs. 1 Satz 1 EStG bei der aufnehmenden Kapitalgesellschaft erfolgt mit

---

[1] Zur Anwendung der 1%-Regelung bei privater Nutzung mehrerer betrieblicher Fahrzeuge durch eine Person siehe auch BFH v. 9.3.2010 VIII R 24/08, BStBl. II 2010, 903. – Zur Verfassungsmäßigkeit der 1%-Regelung siehe BFH v. 13.12.2012 VI R 51/11, BStBl. II 2013, 385; siehe auch BFH v. 15.5.2018 X R 28/15, BFH/NV 2018, 1107 (keine Begrenzung der nach der 1%-Regelung ermittelten Nutzungsentnahme auf 50% der Gesamtaufwendungen für das Kfz). – Zum „Listenpreis" im Taxigewerbe siehe BFH v. 8.11.2018 III R 13/16, BStBl. II 2019, 229.

[2] Siehe jetzt BMF v. 5.11.2021, BStBl. I 2021, 2205, mit Anwendungsregelungen in Tz. 5.

dem Teilwert (→ BMF vom 2.11.1998 – BStBl. I S. 1227 und BFH vom 4.3.2011 – BStBl. 2012 II S. 341).

- Behandlung der Einbringung zum Privatvermögen gehörender Wirtschaftsgüter in das betriebliche Gesamthandsvermögen einer Personengesellschaft → BMF vom 29.3.2000 (BStBl. I S. 462) und BMF vom 11.7. 2011 (BStBl. I S. 713) unter Berücksichtigung BMF vom 26.7.2016 (BStBl. I S. 684).
- Anteile an einer Kapitalgesellschaft, die eine juristische Person des öffentlichen Rechts in eine Tochtergesellschaft eingelegt hat, sind bei der Tochtergesellschaft mit dem Teilwert und nicht mit den Anschaffungskosten anzusetzen (→ BFH vom 14.3.2011 – BStBl. 2012 II S. 281).

R 6.13 Bewertungsfreiheit für geringwertige Wirtschaftsgüter und Bildung eines Sammelpostens

(1) [1]Die Frage, ob ein Wirtschaftsgut des Anlagevermögens selbständig nutzungsfähig ist, stellt sich regelmäßig für solche Wirtschaftsgüter, die in einem Betrieb zusammen mit anderen Wirtschaftsgütern genutzt werden. [2]Für die Entscheidung in dieser Frage ist maßgeblich auf die betriebliche Zweckbestimmung des Wirtschaftsgutes abzustellen. [3]Hiernach ist ein Wirtschaftsgut des Anlagevermögens einer selbständigen Nutzung nicht fähig, wenn folgende Voraussetzungen kumulativ vorliegen:

1. Das Wirtschaftsgut kann nach seiner betrieblichen Zweckbestimmung nur zusammen mit anderen Wirtschaftsgütern des Anlagevermögens genutzt werden,
2. das Wirtschaftsgut ist mit den anderen Wirtschaftsgütern des Anlagevermögens in einen ausschließlichen betrieblichen Nutzungszusammenhang eingefügt, d.h., es tritt mit den in den Nutzungszusammenhang eingefügten anderen Wirtschaftsgütern des Anlagevermögens nach außen als einheitliches Ganzes in Erscheinung, wobei für die Bestimmung dieses Merkmals im Einzelfall die Festigkeit der Verbindung, ihre technische Gestaltung und ihre Dauer von Bedeutung sein können,
3. das Wirtschaftsgut ist mit den anderen Wirtschaftsgütern des Anlagevermögens technisch abgestimmt.

[4]Dagegen bleiben Wirtschaftsgüter, die zwar in einen betrieblichen Nutzungszusammenhang mit anderen Wirtschaftsgütern eingefügt und technisch aufeinander abgestimmt sind, dennoch selbständig nutzungsfähig, wenn sie nach ihrer betrieblichen Zweckbestimmung auch ohne die anderen Wirtschaftsgüter im Betrieb genutzt werden können (z.B. Müllbehälter eines Müllabfuhrunternehmens). [5]Auch Wirtschaftsgüter, die nach ihrer betrieblichen Zweckbestimmung nur mit anderen Wirtschaftsgütern genutzt werden können, sind selbständig nutzungsfähig, wenn sie nicht in einen Nutzungszusammenhang eingefügt sind, so dass die zusammen nutzbaren Wirtschaftsgüter des Betriebs nach außen nicht als ein einheitliches Ganzes in Erscheinung treten (z.B. Bestecke, Trivialprogramme). [6]Selbständig nutzungsfähig sind ferner Wirtschaftsgüter, die nach ihrer betrieblichen Zweckbestimmung nur zusammen mit anderen Wirtschaftsgütern genutzt werden können, technisch mit diesen Wirtschaftsgütern aber nicht abgestimmt sind (z.B. Paletten, Einrichtungsgegenstände).

(2) Bei der Beurteilung der Frage, ob die Anschaffungs- oder Herstellungskosten für das einzelne Wirtschaftsgut *150 Euro,*[1)] *410 Euro*[2)] oder 1000 Euro nicht übersteigen, ist,

1. wenn von den Anschaffungs- oder Herstellungskosten des Wirtschaftsgutes ein Betrag nach § 6b oder § 6c EStG abgesetzt worden ist, von den nach § 6b Abs. 6 EStG maßgebenden
2. wenn die Anschaffungs- oder Herstellungskosten nach § 7g Abs. 2 Satz 2 EStG Gewinn mindernd herabgesetzt wurden, von den geminderten
3. wenn das Wirtschaftsgut mit einem erfolgsneutral behandelten Zuschuss aus öffentlichen oder privaten Mitteln nach R 6.5 angeschafft oder hergestellt worden ist, von den um den Zuschuss gekürzten
4. und wenn von den Anschaffungs- oder Herstellungskosten des Wirtschaftsgutes ein Betrag nach R 6.6 abgesetzt worden ist, von den um diesen Betrag gekürzten

Anschaffungs- oder Herstellungskosten auszugehen.

(3) Stellt ein Stpfl. ein selbständig bewertungsfähiges und selbständig nutzungsfähiges Wirtschaftsgut aus erworbenen Wirtschaftsgütern her, muss die Sofortabschreibung gem. § 6 Abs. 2 EStG oder die Einstellung in den Sammelposten gem. § 6 Abs. 2a EStG in dem Wirtschaftsjahr erfolgen, in dem das Wirtschaftsgut fertig gestellt worden ist.

(4) [1]Wurden die Anschaffungs- oder Herstellungskosten eines Wirtschaftsguts gem. § 6 Abs. 2 oder Abs. 2a Satz 4 EStG im Jahr der Anschaffung oder Herstellung in voller Höhe als Betriebsausgaben abgesetzt, sind in späteren Wirtschaftsjahren nachträgliche Anschaffungs- oder Herstellungskosten im Jahr ihrer Entstehung ebenfalls in voller Höhe als Betriebsausgaben zu behandeln. [2]Dies gilt unabhängig davon, ob sie zusammen mit den ursprünglichen Anschaffungs- oder Herstellungskosten den Betrag von *410 Euro*[2)] bzw. im Falle der Bildung des Sammelpostens gem. § 6 Abs. 2a EStG von *150 Euro*[1)] übersteigen.

(5) [1]Für jedes Wirtschaftsjahr, in dem vom einheitlich für alle Anlagegüter i. S. d. § 6 Abs. 2a EStG auszuübenden Antragsrecht zur Bildung eines Sammelpostens Gebrauch gemacht wurde, ist ein gesonderter Sammelposten zu bilden. [2]Nachträgliche Anschaffungs- oder Herstellungskosten, die nicht im Wirtschaftsjahr der Anschaffung oder Herstellung angefallen sind, erhöhen den Sammelposten des Wirtschaftsjahres, in dem die nachträglichen Anschaffungs- oder Herstellungskosten anfallen. [3]Macht der Stpfl. in diesem Wirtschaftsjahr vom Wahlrecht nach § 6 Abs. 2a EStG keinen Gebrauch, beschränkt sich der Sammelposten auf die nachträglichen Anschaffungs- oder Herstellungskosten der betroffenen Wirtschaftsgüter. [4]Dies gilt unabhängig davon, ob die nachträglichen Anschaffungs- oder Herstellungskosten zusam-

---

1) **[Amtl. Anm.:]** Bei Anschaffung, Herstellung oder Einlage in das Betriebsvermögen ab 1.1.2018: 250 Euro → § 52 Abs. 12 Satz 6 EStG.

2) **[Amtl. Anm.:]** Bei Anschaffung, Herstellung oder Einlage in das Betriebsvermögen ab 1.1.2018: 800 Euro → § 52 Abs. 12 Satz 4 EStG.

men mit den ursprünglichen Anschaffungs- oder Herstellungskosten den Betrag von 1000 Euro übersteigen.

(6) [1]Der Sammelposten i. S. d. § 6 Abs. 2a EStG ist kein Wirtschaftsgut, sondern eine Rechengröße und damit beispielsweise einer Teilwertabschreibung nicht zugänglich. [2]Ein Sammelposten i. S. d. § 6 Abs. 2a EStG wird nicht dadurch vermindert, dass ein oder mehrere darin erfasste Wirtschaftsgüter durch Veräußerung oder Entnahme oder auf Grund höherer Gewalt (R 6.6 Abs. 2) aus dem Betriebsvermögen des Stpfl. ausscheiden. [3]Dies gilt auch für Wirtschaftsgüter, die nach § 6 Abs. 3 EStG zusammen mit einem Teilbetrieb übertragen, nach § 6 Abs. 5 EStG in ein anderes Betriebsvermögen überführt oder übertragen oder nach den §§ 20, 24 UmwStG zusammen mit einem Teilbetrieb in eine Kapital- oder Personengesellschaft eingebracht werden.

H 6.13

Allgemeines. Zweifelsfragen zur bilanziellen Behandlung geringwertiger Wirtschaftsgüter und zum Sammelposten → BMF vom 30.9.2010 (BStBl. I S. 755).

Einlage. Zur Einlage von geringwertigen Wirtschaftsgütern, für die die Bewertungsfreiheit bereits während der Zugehörigkeit zum Privatvermögen in Anspruch genommen wurde → H 6.12 (Geringwertiges Wirtschaftsgut).

Private Mitbenutzung. Hat ein Stpfl. die Anschaffungs- oder Herstellungskosten eines geringwertigen Wirtschaftsguts im Jahr der Anschaffung oder Herstellung in voller Höhe als Betriebsausgaben abgesetzt, muss er den Teil der Aufwendungen, der dem privaten Nutzungsanteil entspricht, während der Nutzungszeit des Wirtschaftsguts dem Gewinn jeweils in dem Umfang hinzurechnen, der der tatsächlichen Nutzung in jedem Wj. entspricht (→ BFH vom 13.3.1964 – BStBl. III S. 455).

Selbständige Bewertbarkeit bzw. Nutzungsfähigkeit. Die selbständige Nutzungsfähigkeit verbundener oder gemeinsam genutzter Wirtschaftsgüter ist kein Kriterium bei der Beurteilung der selbständigen Bewertbarkeit. Ein selbständig bewertbares Wirtschaftsgut liegt vor, wenn es in seiner Einzelheit von Bedeutung und bei einer Veräußerung greifbar ist. Ob es auch selbständig genutzt werden kann, hängt neben dem Zweck, den zwei oder mehrere bewegliche Sachen gemeinsam zu erfüllen haben, vor allem vom Grad der Festigkeit einer eventuell vorgenommenen Verbindung (§ 93 BGB), dem Zeitraum, auf den eine eventuelle Verbindung oder die gemeinsame Nutzung angelegt sind, sowie dem äußeren Erscheinungsbild ab. Erscheinen die beweglichen Gegenstände danach für sich genommen unvollständig oder erhält ein Gegenstand ohne den oder die anderen gar ein negatives Gepräge, ist regelmäßig von einem einheitlichen Wirtschaftsgut auszugehen; Entsprechendes gilt für Sachen, die in einen unbeweglichen Gegenstand eingebaut werden (→ BFH vom 5.9.2002 – BStBl. II S. 877).

ABC der selbständig nutzungsfähigen Wirtschaftsgüter.

– Ausstellungsgegenstände – einzelne Gegenstände, die zu einer Verkaufsausstellung (z. B. Sanitärausstellung) zusammengefasst sind, es sei denn, einzelne der zu der Ausstellung zusammengefassten Wirtschaftsgüter haben ihre selbständige Bewertbarkeit dadurch ver-

loren, dass sie fest und auf längere Dauer mit anderen Gegenständen verbunden sind und nur in dieser technischen Verbundenheit ihren bestimmungsgemäßen Zweck erfüllen können, z. B. Badewanne und Armaturen (→ BFH vom 9.8.2001 – BStBl. II S. 842), Bestecke in Gaststätten, Hotels, Kantinen (→ BFH vom 19.11.1953 – BStBl. 1954 III S. 18),
- Bibliothek eines Rechtsanwalts (→ BFH vom 17.5.1968 – BStBl. II S. 566),
- Bücher einer Leih- oder Fachbücherei (→ BFH vom 8.12.1967 – BStBl. 1968 II S. 149),
- Einrichtungsgegenstände in Läden, Werkstätten, Büros, Hotels, Gaststätten u. ä. – auch als Erstausstattung und in einheitlichem Stil (→ BFH vom 29.7.1966 – BStBl. 1967 III S. 61),
- Fässer/Flaschen (→ BFH vom 1.7.1981 – BStBl. 1982 II S. 246),
- Grundausstattung einer Kfz-Werkstatt mit Spezialwerkzeugen (→ BFH vom 17.5.1968 – BStBl. II S. 571),
- Instrumentarium eines Arztes, auch als Grundausstattung (→ BFH vom 17.5.1968 – BStBl. II S. 566),
- Kisten (→ BFH vom 1.7.1981 – BStBl. 1982 II S. 246),
- Lampen als selbständige Wirtschaftsgüter (Steh-, Tisch- und Hängelampen; → BFH vom 17.5.1968 – BStBl. II S. 567),
- Leergut (→ BFH vom 1.7.1981 – BStBl. 1982 II S. 246),
- Legehennen in eiererzeugenden Betrieben,
- Möbel in Hotels und Gaststätten, auch als Erstausstattung (→ BFH vom 17.5.1968 – BStBl. II S. 566),
- Müllbehälter eines Müllabfuhrunternehmens, auch Systemmüllbehälter,
- Musterbücher und -kollektionen im Tapeten- und Buchhandel (→ BFH vom 25.11.1965 – BStBl. 1966 III S. 86),
- Notfallkoffer eines Arztes und darin enthaltene Geräte wie Sauerstoffflasche, Beatmungsbeutel, Absauggerät (→ BFH vom 7.9.2000 – BStBl. 2001 II S. 41),
- Paletten zum Transport und zur Lagerung von Waren (→ BFH vom 9.12.1977 – BStBl. 1978 II S. 322 und vom 25.8.1989 – BStBl. 1990 II S. 82),
- Regale, die aus genormten Stahlregalteilen zusammengesetzt und nach ihrer betrieblichen Zweckbestimmung in der Regel auf Dauer in dieser Zusammensetzung genutzt werden (→ BFH vom 26.7.1979 – BStBl. 1980 II S. 176), sowie Regale, die zu Schrankwänden zusammengesetzt sind (→ BFH vom 9.8.2001 – BStBl. 2002 II S. 100),
- Ruhebänke als Werbeträger,
- Schallplatten,
- Schreibtischkombinationsteile, die nicht fest miteinander verbunden sind, wie z. B. Tisch, Rollcontainer, Computerbeistelltisch (→ BFH vom 21.7.1998 – BStBl. II S. 789) sowie einzelne Elemente einer aus genormten Teilen zusammengesetzten und verschraubten Schreibtischkombination, es sei denn, das einzelne Element ist aus technischen Gründen (z. B. wegen fehlender Standfestigkeit) nicht selbständig nutzungsfähig (→ BFH vom 9.8.2001 – BStBl. 2002 II S. 100),
- Schriftenminima in einem Druckereibetrieb (→ BFH vom 18.11.1975 – BStBl. 1976 II S.214),
- Spezialbeleuchtungsanlagen in einem Schaufenster (→ BFH vom 5.3.1974 – BStBl. II S. 353),
- Spinnkannen einer Weberei (→ BFH vom 9.12.1977 – BStBl. 1978 II S. 322),
- Straßenleuchten (→ BFH vom 28.3.1973 – BStBl. 1974 II S. 2),
- Tonbandkassetten,
- Transportkästen in einer Weberei zum Transport von Garnen (→ BFH vom 17.5.1968 – BStBl. II S. 568),
- Trivialprogramme (→ R 5.5 Abs. 1),
- Videokassetten,
- Wäsche in Hotels (→ BFH vom 17.5.1968 – BStBl. II S. 566).

ABC der nicht selbständig nutzungsfähigen Wirtschaftsgüter.
- Beleuchtungsanlage als Lichtband zur Beleuchtung in Fabrikräumen und Werkhallen (→ BFH vom 5.10.1956 – BStBl. III S. 376) oder zur Beleuchtung einzelner Stockwerke eines Wohnhauses (→ BFH vom 5.3.1974 – BStBl. II S. 353),
- Bestuhlung in Kinos und Theatern (→ BFH vom 5.10.1966 – BStBl. III S. 686),
- Bohrer i. V. m. Werkzeugmaschinen (→ Maschinenwerkzeuge),

- Drehbank mit als Antrieb eingebautem Elektromotor (→ BFH vom 14.12.1966 – BStBl. 1967 III S. 247),
- Drehstähle i. V. m. Werkzeugmaschinen (→ Maschinenwerkzeuge),
- EDV-Kabel nebst Zubehör zur Vernetzung einer EDV-Anlage: Kabel, die als Verlängerung der Verbindung der Peripheriegeräte mit der Zentraleinheit genutzt werden, sind zwar selbständig bewertungsfähig, nicht jedoch selbständig nutzungsfähig und somit keine geringwertigen Wirtschaftsgüter (→ BFH vom 25.11.1999 – BStBl. 2002 II S. 233),
- Elektromotor zum Einzelantrieb einer Maschine, einer Drehbank oder eines Webstuhls (→ BFH vom 16.12.1958 – BStBl. 1959 III S. 77),
- Ersatzteile für Maschinen usw. (→ BFH vom 17.5.1968 – BStBl. II S. 568),
- Formen (→ BFH vom 9.3.1967 – BStBl. III S. 283),
- Formplatten (→ BFH vom 30.3.1967 – BStBl. III S. 302),
- Fräser i. V. m. Werkzeugmaschinen (→ Maschinenwerkzeuge),
- Gerüst- und Schalungsteile sowie Schalungstafeln, die genormt und technisch aufeinander abgestimmt sind (→ BFH vom 29.7.1966 – BStBl. 1967 III S. 151),
- Kühlkanäle (→ BFH vom 17.4.1985 – BStBl. 1988 II S. 126),
- Leuchtstoffröhren (→ Beleuchtungsanlage),
- Lichtbänder (→ Beleuchtungsanlage),
- Lithographien (→ BFH vom 15.3.1991 – BStBl. II S. 682),
- Maschinenwerkzeuge und -verschleißteile (→ BFH vom 6.10.1995 – BStBl. 1996 II S. 166),
- Peripheriegeräte einer PC-Anlage; dies gilt nicht für so genannte Kombinations-Geräte und für externe Datenspeicher (→ BFH vom 19.2.2004 – BStBl. II S. 958),
- Pflanzen von Dauerkulturen (→ BFH vom 30.11.1978 – BStBl. 1979 II S. 281),
- Regalteile (→ BFH vom 20.11.1970 – BStBl. 1971 II S. 155; zu Regalen aus genormten Stahlregalteilen → Beispiele für selbständig nutzungsfähige Wirtschaftsgüter),
- Sägeblätter in Diamantsägen und -gattern (→ BFH vom 19.10.1972 – BStBl. 1973 II S. 53),
- Stanzwerkzeuge i. V. m. Werkzeugmaschinen (→ Maschinenwerkzeuge),
- Technische Sicherheitseinrichtung – TSE → BMF vom 21.8.2020 (BStBl. I S. 1047),
- Webstuhlmotor (→ Elektromotor),
- Werkzeuge (→ Maschinenwerkzeuge).

R 6.14 Unentgeltliche Übertragung von Betrieben, Teilbetrieben und Mitunternehmeranteilen *(unbesetzt)*

H 6.14

Anteile an einer Betriebskapitalgesellschaft sind wesentliche Betriebsgrundlagen i. S. d. funktionalen Betrachtungsweise (→ BFH vom 4.7.2007 – BStBl. II S. 772).

Beteiligung an einer Kapitalgesellschaft. Eine das gesamte Nennkapital umfassende Beteiligung an einer Kapitalgesellschaft ist kein Teilbetrieb i. S. d. § 6 Abs. 3 EStG (→ BFH vom 20.7.2005 – BStBl. 2006 II S. 457).

Realteilung. → BMF vom 19.12.2018 (BStBl. 2019 I S. 6).[1]

Unentgeltliche Übertragung von Mitunternehmeranteilen mit Sonderbetriebsvermögen. → BMF vom 20.11.2019 (BStBl. I S. 1291).[2]

R 6.15 Überführung und Übertragung von Einzelwirtschaftsgütern

In den Fällen des § 6 Abs. 5 Satz 4 EStG ist rückwirkend auf den Zeitpunkt der Übertragung der Teilwert auch dann anzusetzen, wenn die bis zur Übertragung entstandenen stillen Reserven durch Erstellung einer Ergän-

[1] Siehe aber auch BFH v. 17.5.2018 VI R 66/15, DStR 2018, 2135, u. VI R 73/15, BFH/NV 2018, 1249, sowie nunmehr § 14 Abs. 3 i. V. m. § 52 Abs. 22c EStG.

[2] Geänd. durch BMF v. 5.5.2021, BStBl. I 2021, 696.

zungsbilanz dem übertragenden Gesellschafter zugeordnet worden sind, durch die Übertragung jedoch keine Änderung des Anteils des übertragenden Gesellschafters an dem übertragenen Wirtschaftsgut eingetreten ist.[1)]

H 6.15

Allgemeines. Zu Zweifelsfragen zur Überführung und Übertragung von einzelnen Wirtschaftsgütern → BMF vom 8.12.2011 (BStBl. I S. 1279).[2)]

Einmann-GmbH & Co. KG. Wird ein Wirtschaftsgut durch den an einer KG zu 100% beteiligten Kommanditisten aus dessen (Sonder-)Betriebsvermögen nach § 6 Abs. 5 Satz 3 EStG in das Gesamthandsvermögen der KG übertragen, ist für die Übertragung nicht deshalb rückwirkend der Teilwert anzusetzen, weil die KG – bei unveränderten Beteiligungsverhältnissen – das Wirtschaftsgut innerhalb der Sperrfrist des § 6 Abs. 5 Satz 4 EStG veräußert. Dies gilt auch dann, wenn das Wirtschaftsgut in der Gesamthandsbilanz der KG mit dem bisherigen Buchwert ausgewiesen und deshalb für den Übertragenden keine negative Ergänzungsbilanz erstellt worden ist (→ BFH vom 31.7.2013 – BStBl. 2015 II S. 450 und vom 26.6.2014 – BStBl. 2015 II S. 463).

Zu § 6a EStG[3)]

R 6a. Rückstellungen für Pensionsverpflichtungen

Zulässigkeit von Pensionsrückstellungen

(1) [1]Nach § 249 HGB müssen für unmittelbare Pensionszusagen Rückstellungen in der Handelsbilanz gebildet werden. [2]Entsprechend dem Grundsatz der Maßgeblichkeit der Handelsbilanz hat die handelsrechtliche Passivierungspflicht die Passivierungspflicht für Pensionszusagen in der Steuerbilanz dem Grunde, aber nicht der Höhe nach zur Folge, wenn die Voraussetzungen des § 6a Abs. 1 und 2 EStG vorliegen.[4)] [3]Für laufende Pensionen und Anwart-schaften auf Pensionen, die vor dem 1.1.1987 rechtsverbindlich zugesagt worden sind (Altzusagen), gilt nach Artikel 28 des Einführungsgesetzes zum HGB in der durch Gesetz vom 19.12.1985 (BGBl. I S. 2355, BStBl. 1986 I S. 94) geänderten Fassung weiterhin das handels- und steuerrechtliche Passivierungswahlrecht; insoweit sind die Anweisungen in Abschnitt 41 EStR 1984 mit Ausnahme des Absatzes 24 Satz 5 und 6 weiter anzuwenden. [4]Für die Frage, wann eine Pension oder eine Anwartschaft auf eine Pension rechtsverbindlich zugesagt worden ist, ist die erstmalige, zu einem Rechtsanspruch führende arbeitsrechtliche Verpflichtungserklärung maßgebend. [5]Für Pensionsverpflichtungen, für die der Berechtigte einen Rechtsanspruch auf Grund einer unmittelbaren Zusage nach dem 31.12. 1986 erworben hat (Neuzusagen), gelten die folgenden Absätze.

---

1) **[Amtl. Anm.:]** → aber H 6.15 (Einmann-GmbH & Co. KG).

2) Rn. 19 BMF v. 8.12.2011 teilweise überholt, siehe BMF v. 20.11.2019, BStBl. I 2019, 1291, geänd. durch BMF v. 5.5.2021, BStBl. I 2021, 696, Rn. 40.

3) Zur Verfassungsmäßigkeit des Rechnungszinsfußes von 6 % im Jahr 2015 siehe Vorlagebeschluss FG Köln v. 12.10.2017 10 K 997/15, DStR 2017, 2792 (Az. BVerfG 2 BvL 22/17).

4) Siehe auch BFH v. 13.2.2008 I R 44/07, BStBl. II 2008, 673.

H 6a (1)

Beihilfen an Pensionäre.
- Die Verpflichtung, Pensionären und aktiven Mitarbeitern während der Zeit ihres Ruhestandes in Krankheits-, Geburts- und Todesfällen Beihilfen zu gewähren, ist keine Pensionsverpflichtung (→ BFH vom 30.1.2002 – BStBl. 2003 II S. 279).
- → H 5.7 (5).

Einstandspflicht. Die Verpflichtung des Arbeitgebers, wegen des nicht ausreichenden Vermögens einer Unterstützungskasse für den Ausfall von Versorgungsleistungen gegenüber seinen Arbeitnehmern einstehen zu müssen, erfüllt die Voraussetzungen für eine Pensionsrückstellung nicht. Das gilt auch für Versorgungsverpflichtungen des Erwerbers eines Betriebs, auf den die Arbeitsverhältnisse mit den durch die Unterstützungskasse begünstigten Arbeitnehmern nach § 613a BGB übergegangen sind (→ BFH vom 16.12. 2002 – BStBl. 2003 II S. 347).

Gewinnabhängige Pensionsleistungen.
- Am Bilanzstichtag bereits feststehende gewinnabhängige Pensionsleistungen sind zu berücksichtigen, wenn und soweit sie dem Grunde und der Höhe nach eindeutig bestimmt sind und die Erhöhung der Versorgungsleistungen schriftlich durch eine Ergänzung der Pensionszusage festgeschrieben wurde (→ BMF vom 18.10.2013 – BStBl. I S. 1268).
- → H 6a (7) Schriftformerfordernis.

Hinterbliebenenversorgung für den Lebensgefährten. → BMF vom 25.7. 2002 (BStBl. I S. 706).

Jahreszusatzleistungen. Für Jahreszusatzleistungen im Jahr des Eintritts des Versorgungsfalls darf eine Rückstellung nach § 6a EStG nicht gebildet werden (→ BMF vom 11.11.1999 – BStBl. I S. 959, RdNr. 23).

Nur-Pensionszusagen. Für eine sog. Nur-Pensionszusage kann keine Rückstellung nach § 6a EStG gebildet werden, wenn dieser Verpflichtung keine ernsthaft vereinbarte Entgeltumwandlung zugrunde liegt (→ BMF vom 13.12.2012 – BStBl. 2013 I S. 35).

Pensionsleistungen ohne Ausscheiden aus dem Dienstverhältnis. Zur bilanzsteuerrechtlichen Berücksichtigung von Versorgungsleistungen, die ohne die Voraussetzung des Ausscheidens aus dem Dienstverhältnis gewährt werden → BMF vom 18.9.2017 (BStBl. I S. 1293).

Pensionsverpflichtungen innerhalb einer GmbH & Co. KG.
- Zur Pensionszusage an einen Gesellschafter durch die Komplementär-GmbH → BMF vom 29.1.2008 (BStBl. I S. 317), RdNrn. 12–14.
- Sagt die Komplementär-GmbH einer GmbH & Co. KG ihrem gesellschaftsfremden Geschäftsführer eine Pension zu und kann sie nach dem Gesellschaftsvertrag von der KG Ersatz der Versorgungsleistungen verlangen, ist die bei der GmbH zu bildende Pensionsrückstellung durch einen Aufwendungsersatzanspruch zu neutralisieren. Bei der KG ist eine Rückstellung für ungewisse Verbindlichkeiten zu bilden, deren Höhe sich nach § 6a EStG bestimmt (→ BFH vom 7.2.2002 – BStBl. 2005 II S. 88).

Personengesellschaft. Bilanzsteuerliche Behandlung von Pensionszusagen einer Personengesellschaft an einen Gesellschafter und dessen Hinterbliebene → BMF vom 29.1.2008 (BStBl. I S. 317).

Vererbliche Versorgungsanwartschaften und Versorgungsleistungen. Sieht eine Pensionszusage die Vererblichkeit von Versorgungsanwartschaften oder Versorgungsleistungen vor und sind nach der Zusage vorrangig Hinterbliebene entsprechend der Rdnr. 4 des *BMF vom 6.12.2017 (BStBl. 2018 I S. 147)*[1] Erben, ist die Pensionsverpflichtung nach § 6a EStG anzusetzen und zu bewerten. Im Vererbungsfall ist für die Bewertung der Leistungen, soweit sie nicht an Hinterbliebene im o. g. Sinne erbracht werden, § 6 EStG maßgebend (→ BMF vom 18.9.2017 – BStBl. I S. 1293).

Verpflichtungsübernahmen, Schuldbeitritte und Erfüllungsübernahmen. Zur bilanziellen Berücksichtigung von Verpflichtungsübernahmen, Schuldbeitritten und Erfüllungsübernahmen mit vollständiger oder teilweiser Schuldfreistellung im Zusammenhang mit Pensionsverpflichtungen → BMF vom 30.11.2017 (BStBl. I S. 1619).

Versorgungsausgleich. Zu den Auswirkungen des Gesetzes zur Strukturreform des Versorgungsausgleiches (VAStrRefG) auf Pensionszusagen → BMF vom 12.11.2010 (BStBl. I S. 1303).

R **6a** (2, 3)

Rechtsverbindliche Verpflichtung[2]

(2) [1]Eine rechtsverbindliche Pensionsverpflichtung ist z. B. gegeben, wenn sie auf Einzelvertrag, Gesamtzusage (Pensionsordnung), Betriebsvereinbarung, Tarifvertrag oder Besoldungsordnung beruht. [2]Bei Pensionsverpflichtungen, die nicht auf Einzelvertrag beruhen, ist eine besondere Verpflichtungserklärung gegenüber dem einzelnen Berechtigten nicht erforderlich. [3]Ob eine rechtsverbindliche Pensionsverpflichtung vorliegt, ist nach arbeitsrechtlichen Grundsätzen zu beurteilen. [4]Für ausländische Arbeitnehmer sind Pensionsrückstellungen unter den gleichen Voraussetzungen zu bilden wie für inländische Arbeitnehmer.

Schädlicher Vorbehalt

(3) [1]Ein schädlicher Vorbehalt i. S. d. § 6a Abs. 1 Nr. 2 EStG liegt vor, wenn der Arbeitgeber die Pensionszusage nach freiem Belieben, d. h. nach seinen eigenen Interessen ohne Berücksichtigung der Interessen des Pensionsberechtigten widerrufen kann. [2]Ein Widerruf nach freiem Belieben ist nach dem Urteil des Bundesarbeitsgerichtes (BAG) vom 14.12.1956 (BStBl. 1959 I S. 258)[3] gegenüber einem noch aktiven Arbeitnehmer im Allgemeinen zulässig, wenn die Pensionszusage eine der folgenden Formeln

---

[1] Siehe jetzt BMF v. 12.8.2021, BStBl. I 2021, 1050; zur Anwendung siehe Rn. 176, 177.

[2] Zur Pensionszusage an einen GmbH-Geschäftsführer und zu den Auswirkungen des BGH-Urteils v. 25.3.1991 II ZR 169/90, DStR 1991, 751, auf Pensionsrückstellungen siehe BMF v. 21.12.1995, BStBl. I 1996, 50.

[3] Verfahren 1 AzR 531/55.

„freiwillig und ohne Rechtsanspruch",
„jederzeitiger Widerruf vorbehalten",
„ein Rechtsanspruch auf die Leistungen besteht nicht",
„die Leistungen sind unverbindlich"
oder ähnliche Formulierungen enthält, sofern nicht besondere Umstände eine andere Auslegung rechtfertigen. [3]Solche besonderen Umstände liegen nicht schon dann vor, wenn das Unternehmen in der Vergangenheit tatsächlich Pensionszahlungen geleistet oder eine Rückdeckungsversicherung abgeschlossen hat oder Dritten gegenüber eine Verpflichtung zur Zahlung von Pensionen eingegangen ist oder wenn die unter den oben bezeichneten Vorbehalten gegebene Pensionszusage die weitere Bestimmung enthält, dass der Widerruf nur nach „billigem Ermessen" ausgeübt werden darf oder dass im Falle eines Widerrufes die gebildeten Rückstellungen dem Versorgungszweck zu erhalten sind. [4]Vorbehalte der oben bezeichneten Art in einer Pensionszusage schließen danach die Bildung von Rückstellungen für Pensionsanwartschaften aus. [5]Befindet sich der Arbeitnehmer bereits im Ruhestand oder steht er unmittelbar davor, ist der Widerruf von Pensionszusagen, die unter den oben bezeichneten Vorbehalten erteilt worden sind, nach dem BAG-Urteil vom 14.12.1956 nicht mehr nach freiem Belieben, sondern nur noch nach billigem Ermessen (→ Absatz 4) zulässig. [6]Enthält eine Pensionszusage die oben bezeichneten allgemeinen Widerrufsvorbehalte, ist die Rückstellungsbildung vorzunehmen, sobald der Arbeitnehmer in den Ruhestand tritt; dies gilt auch hinsichtlich einer etwa zugesagten Hinterbliebenenversorgung.

H 6a (3)

Abfindungsklauseln.

- Zu schädlichen Abfindungsklauseln in Pensionszusagen → BMF vom 6.4.2005 (BStBl. I S. 619) und vom 1.9.2005 (BStBl. I S. 860).
- Lassen sich Abfindungsklauseln nicht dahingehend auslegen, dass die für die Berechnung der jeweiligen Abfindungshöhe maßgebenden Sterbetafeln und Abzinsungssätze ausreichend sicher bestimmt sind, liegt ein schädlicher Vorbehalt i. S. d. § 6a Abs. 1 Nr. 2 EStG vor (→ BFH vom 23.7.2019 – BStBl. II S. 763).

Externe Versorgungsträger. Werden die künftigen Pensionsleistungen aus einer Versorgungszusage voraussichtlich von einem externen Versorgungsträger (z. B. Versorgungskasse) erbracht, scheidet die Bildung einer Rückstellung nach § 6a EStG aus (→ BFH vom 5.4.2006 – BStBl. II S. 688 und vom 8.10.2008 – BStBl. 2010 II S. 186). Zur Anwendung der vorgenannten Urteile, zur Abgrenzung des sog. Umlageverfahrens vom sog. Erstattungsverfahren und allgemein zur Bildung von Pensionsrückstellungen nach § 6a EStG bei Erbringung der Versorgungsleistungen durch externe Versorgungsträger → BMF vom 26.1.2010 (BStBl. I S. 138).

Übertragung auf eine Unterstützungskasse. Ist vereinbart, dass die Pensionsverpflichtung nach Eintritt des Versorgungsfalles auf eine Unterstützungskasse übertragen wird, kann eine Rückstellung nicht gebildet werden (→ BMF vom 2.7.1999 – BStBl. I S. 594).

H 7.3

Anschaffungskosten.[1)]

- Bei Erbauseinandersetzung[2)] → BMF vom 14.3.2006 (BStBl. I S. 253) unter Berücksichtigung der Änderungen durch BMF vom 27.12.2018 (BStBl. 2019 I S. 11).
- Bei Modernisierung von Gebäuden → BMF vom 18.7.2003 (BStBl. I S. 386).
- Bei vorweggenommener Erbfolge → BMF vom 13.1.1993 (BStBl. I S. 80) unter Berücksichtigung der Änderungen durch BMF vom 26.2. 2007 (BStBl. I S. 269).
- Bei Tieren in land- und forstwirtschaftlich tätigen Betrieben sind die Anschaffungs- oder Herstellungskosten zur Berechnung der AfA um den Schlachtwert zu mindern → BMF vom 14.11.2001 (BStBl. I S. 864), Rn. 24.
- Bei Schiffen sind die Anschaffungs- oder Herstellungskosten zur Berechnung der AfA um den Schrottwert zu mindern (→ BFH vom 22.7.1971 – BStBl. II S. 800).
- Aufwendungen für Baumaßnahmen, mit denen der Verkäufer einer Eigentumswohnung oder eine seiner Firmen zeitgleich mit dem Abschluss des Kaufvertrags beauftragt wird, gehören zu den Anschaffungskosten der Eigentumswohnung (→ BFH vom 17.12.1996 – BStBl. 1997 II S. 348).
- Bei Erwerb einer Eigentumswohnung gehört der im Kaufpreis enthaltene Anteil für das in der Instandhaltungsrückstellung angesammelte Guthaben nicht zu den Anschaffungskosten der Eigentumswohnung (→ BFH vom 9.10.1991 – BStBl. 1992 II S. 152).
- Zu den Anschaffungskosten gehören auch die Übernahme von Verbindlichkeiten des Veräußerers sowie Aufwendungen des Erwerbers zur Beseitigung bestehender Beschränkungen seiner Eigentümerbefugnis i. S. d. § 903 BGB (z. B. Ablösung dinglicher Nutzungsrechte wie Erbbaurecht, Vermächtnisnießbrauch oder Wohnungsrecht) oder Zahlungen aufgrund der Anfechtung des Kaufvertrags durch einen Gläubiger nach § 3 Abs. 2 AnfG (→ BFH vom 17.4.2007 – BStBl. II S. 956).
- Anschaffungskosten bei Einbringung von Miteigentumsanteilen an Grundstücken in eine vermögensverwaltende Personengesellschaft bemessen sich nach dem gemeinen Wert des hingegebenen Gebäudeteils. Soweit ein Gesellschafter an zwei Gebäuden Anteile (hinzu)erworben hat, ist der gemeine Wert des hingegebenen Gebäudeteils nach dem Verhältnis der gemeinen Werte der erworbenen Anteile aufzuteilen (→ BFH vom 2.4.2008 – BStBl. II S. 679).
- Bringen die Miteigentümer mehrerer Grundstücke ihre Miteigentumsanteile in eine Personengesellschaft mit Vermietungseinkünften ein, sind keine Anschaffungsvorgänge gegeben, soweit die den Gesellschaftern nach der Übertragung ihrer Miteigentumsanteile nach § 39 Abs. 2 Nr. 2 AO zuzurechnenden Anteile an den Grundstücken ihre bisherigen Miteigentumsanteile nicht übersteigen (→ BFH vom 2.4.2008 – BStBl. II S. 679).

---

1) Zu Erbauseinandersetzungskosten als Anschaffungsnebenkosten bei unentgeltlichem Erwerb siehe BFH v. 9.7.2013 IX R 43/11, BStBl. II 2014, 878.

2) Zur Erbauseinandersetzung bei zivilrechtlicher Nachlassspaltung siehe BFH v. 10.10.2018 IX R 1/17, BStBl. II 2019, 170.

Dachgeschoss. Baumaßnahmen an einem Dachgeschoss → BMF vom 10.7. 1996 (BStBl. I S. 689).

Einlage eines Wirtschaftsguts.

- Zur Bemessungsgrundlage für die AfA nach Einlage von zuvor zur Erzielung von Überschusseinkünften genutzten Wirtschaftsgütern → BMF vom 27.10.2010 (BStBl. I S. 1204).
- Die Einbringung von Wirtschaftsgütern des Privatvermögens in eine gewerbliche Personengesellschaft gegen die Gewährung von Gesellschaftsrechten begründet keine Einlage i. S. v. § 7 Abs. 1 Satz 5 EStG (→ BFH vom 24.1.2008 – BStBl. 2011 II S. 617).

Fertigstellung von Teilen eines Gebäudes zu verschiedenen Zeitpunkten. Bei der Errichtung eines zur unterschiedlichen Nutzung bestimmten Gebäudes sind die Herstellungskosten des noch nicht fertig gestellten selbständigen Gebäudeteils in die AfA-Bemessungsgrundlage des bereits fertig gestellten Gebäudeteils einzubeziehen (→ BFH vom 9.8.1989 – BStBl. 1991 II S. 132). Vgl. aber das Wahlrecht nach → R 7.3 Abs. 2.

Kaufpreisaufteilung.[1)]

- Eine vertragliche Kaufpreisaufteilung ist der Berechnung der AfA zu Grunde zu legen, sofern sie zum einen nicht nur zum Schein getroffen wurde sowie keinen Gestaltungsmissbrauch darstellt und zum anderen unter Berücksichtigung der Gesamtumstände die realen Wertverhältnisse widerspiegelt und wirtschaftlich haltbar erscheint (→ BFH vom 16.9. 2015 – BStBl. 2016 II S. 397).
- Fehlt eine vertragliche Kaufpreisaufteilung oder kann diese nicht der Besteuerung zugrunde gelegt werden, sind die Anschaffungskosten eines bebauten Grundstücks nicht nach der sog. Restwertmethode, sondern nach dem Verhältnis der Verkehrswerte oder Teilwerte auf den Grund und Boden und auf das Gebäude aufzuteilen (→ BFH vom 10.10.2000 – BStBl. 2001 II S. 183 und vom 16.9.2015 – BStBl. 2016 II S. 397). Das gilt auch bei der Anschaffung von Eigentumswohnungen; dabei rechtfertigt die eingeschränkte Nutzungs- und Verfügungsmöglichkeit des Wohnungseigentümers hinsichtlich seines Bodenanteils keinen niedrigeren Wertansatz des Bodenanteils (→ BFH vom 15.1.1985 – BStBl. II S. 252).
- Aufteilung der Anschaffungskosten bei Erwerb eines Gebäudes mit mehreren Wohnungen, von denen eine Wohnung mit einem Wohnrecht belastet ist → BMF vom 30.9.2013 (BStBl. I S. 1184, Rz. 50).

Mittelbare Grundstücksschenkung. Bei mittelbarer Grundstücksschenkung bemisst sich die AfA nach den vom Schenker getragenen Anschaffungskosten (→ BFH vom 4.10.2016 – BStBl. 2017 II S. 343).

Nachträgliche Anschaffungs- oder Herstellungskosten.

- Sind für ein Wirtschaftsgut nachträgliche Anschaffungs- oder Herstellungskosten aufgewendet worden, ohne dass hierdurch ein anderes Wirtschaftsgut entstanden ist, bemisst sich die weitere AfA

[1)] Arbeitshilfe zur Aufteilung eines Gesamtkaufpreises für ein bebautes Grundstück (https://www.bundesfinanzministerium.de/Content/DE/Standardartikel/Themen/Steuern/Steuerarten/Einkommensteuer/2020-04-02-Berechnung-Aufteilung-Grundstueckskaufpreis.html).

2. Minderung der Anschaffungs- oder Herstellungskosten

An einem Gebäude werden im Jahr 01 Baumaßnahmen i. S. d. § 7i EStG durchgeführt. Im Februar 03 wird ein Zuschuss bewilligt.

Herstellungskosten	100 000 €
Erhöhte Absetzungen 01 bis 02: 2 × 9% von 100 000 €	– 18 000 €
Buchwert 31.12.02	82 000 €
Zuschuss 03	– 40 000 €
	42 000 €
Erhöhte Absetzungen 03 bis 08: 6 × 9% von 60 000 € =	– 32 400 €
Erhöhte Absetzungen 09 bis 10: 2 × 7% von 60 000 € =	– 8 400 €
Erhöhte Absetzungen 11 (Rest)	– 1 200 €
Buchwert 31.12.11	0 €

3. Rückforderung eines Zuschusses

Sachverhalt wie in Beispiel 2 mit der Ergänzung, dass der Zuschuss im Jahr 04 zurückgefordert wird.

Herstellungskosten	100 000 €
Erhöhte Absetzungen 01 bis 02: 2 × 9% von 100 000 €	– 18 000 €
Buchwert 31.12.02	82 000 €
Zuschuss 03	– 40 000 €
	42 000 €
Erhöhte Absetzungen 03: 9% von 60 000 €	– 5 400 €
Buchwert 31.12.03	36 600 €
Rückforderung Zuschuss 04	+ 40 000 €
	76 600 €
Erhöhte Absetzungen 04 bis 08: 5 × 9% von 100 000 €	– 45 000 €
Erhöhte Absetzungen 09 bis 12: 4 × 7% von 100 000 €	– 28 000 €
Restwert 31.12.12	3 600 €

4. AfA bei Gebäuden nach Ablauf des Begünstigungszeitraums

Für ein im Januar 01 hergestelltes Wirtschaftsgebäude sind in den Jahren 01 bis 03 die nach § 4 FördG zulässigen Sonderabschreibungen vorgenommen worden. Nach Ablauf des Begünstigungszeitraums am 31.12.05 beträgt die restliche Abschreibungsdauer des Gebäudes noch 20 Jahre.

Herstellungskosten	500 000 €
Abschreibungen 01 bis 03: 3 × 4% = 12% =	– 60 000 €
Sonderabschreibungen 50% =	– 250 000 €
Abschreibungen 04 und 05: 2 × 4% = 8% =	– 40 000 €
Restwert 31.12.05 = Bemessungsgrundlage ab 06	150 000 €

Vom Jahr 06 an beträgt die AfA jeweils 5% = 7500 € jährlich.

Degressive AfA. Die AfA nach § 7 Abs. 5 EStG gehört nicht zu den erhöhten Absetzungen (→ BFH vom 25.5.2004 – BStBl. II S. 783). § 7a Abs. 4 EStG bezieht sich nur auf die kumulative Inanspruchnahme von Sonderabschreibungen und degressiver AfA in ein und demselben VZ (→ BFH vom 14.3.2006 – BStBl. II S. 799).

Mehrere Beteiligte.

- Sind Wirtschaftsgüter mehreren Beteiligten zuzurechnen, so können erhöhte Absetzungen und Sonderabschreibungen grundsätzlich nur einheitlich von allen Beteiligten in Anspruch genommen werden (→ BFH vom 7.8.1986 – BStBl. II S. 910).
- → R 21.6 Satz 3.

– Nur der Gesellschafter, nicht die Personengesellschaft, ist zur Inanspruchnahme der erhöhten Absetzungen berechtigt. Scheidet ein Gesellschafter nach Durchführung der begünstigten Maßnahmen aus der Gesellschaft aus und übernehmen die übrigen Gesellschafter dessen Anteil (Anwachsung), so sind jedem der verbliebenen Gesellschafter nur in Höhe seiner ursprünglichen Beteiligung begünstigte Herstellungskosten zuzurechnen (→ BFH vom 17.7.2001 – BStBl. II S. 760).
– Übernimmt im Rahmen der Liquidation einer vermögensverwaltenden Personengesellschaft ein Gesellschafter das weitgehend aus einem einzigen Wirtschaftsgut bestehende Gesellschaftsvermögen im Wege der Übertragung von Aktiva und Passiva, liegt hierin keine Anschaffung eines Unternehmens, sondern eine Gesamtrechtsnachfolge des zuletzt verbleibenden Gesellschafters in das Gesellschaftsvermögen der Gesellschaft (→ BFH vom 25.6.2002 – BStBl. II S. 756).

Teilherstellungskosten. Teilherstellungskosten sind die Aufwendungen, die bis zum Ende des Wj. durch den Verbrauch von Gütern und die Inanspruchnahme von Diensten für die Herstellung eines Wirtschaftsgutes entstanden sind (→ BFH vom 15.11.1985 – BStBl. 1986 II S. 367).
Anzahlungen auf Teilherstellungskosten sind nicht begünstigt (→ BFH vom 10.3.1982 – BStBl. II S. 426).

Verzeichnis. Das nach § 7a Abs. 8 EStG erforderliche Verzeichnis braucht erst im Zeitpunkt der Inanspruchnahme der erhöhten Absetzungen oder Sonderabschreibungen erstellt zu werden (→ BFH vom 9.8.1984 – BStBl. 1985 II S. 47).

Willkürlich geleistete Zahlungen. Willkürlich geleistete Zahlungen sind keine Anzahlungen (→ BFH vom 3.2.1987 – BStBl. II S. 492).

Zu § 7b EStG

H 7b

Anwendungsschreiben. → BMF vom 7.7.2020 (BStBl. I S. 623).[1]

Zu § 7d EStG[2]

R 7d. Weitergeltung der Anordnungen zu § 7d EStG

R 77 EStR 1993 ist weiter anzuwenden.

R 77 EStR 1993. Erhöhte Absetzungen für Wirtschaftsgüter, die dem Umweltschutz dienen

(1) [1]Der in § 7d Abs. 1 EStG genannte Vomhundertsatz für die erhöhten Absetzungen darf auch dann nicht überschritten werden, wenn die AfA nach § 7 Abs. 1 oder 4 EStG höher wäre; § 7a Abs. 3 EStG ist insoweit nicht anwendbar. [2]In den zurückliegenden Wirtschaftsjahren nicht voll in Anspruch genommene erhöhte Absetzungen können aber nachgeholt werden.

(2) [1]Die Zweckbindungsvoraussetzung des § 7d Abs. 6 EStG ist grundsätzlich nicht erfüllt, wenn der Stpfl. ein Wirtschaftsgut vor Ablauf des Fünfjahreszeitraums veräußert, vermietet oder verpachtet oder in eine ausländische Betriebsstätte, in das Umlaufvermögen oder in das Privatvermögen überführt. [2]Im Übrigen gelten bei der Auslegung des § 7d Abs. 6 EStG die

---

[1] Geänd. durch BMF v. 21.9.2021, BStBl. I 2021, 1805.
[2] § 7d EStG aufgeh. durch G v. 22.12.2014, BGBl. I 2014, 2417, mWv 1.1.2015.

Tz. 13 und 15 bis 18 der Verwaltungsanweisungen zu § 3 ZRFG mit der Maßgabe, dass an die Stelle der Betriebsstätte des Stpfl. im Zonenrandgebiet der im Inland belegene Betrieb des Stpfl. tritt. [3]Wird bei einem Wirtschaftsgut, für das erhöhte Absetzungen in Anspruch genommen worden sind, die Zweckbindungsvoraussetzung nicht erfüllt, so sind die erhöhten Absetzungen durch Änderung des Steuerbescheids nach § 175 Abs. 1 Satz 1 Nr. 2 AO rückwirkend zu versagen.

Zu § 7f EStG[1)]

R 7f. Weitergeltung der Anordnungen zu § 7f EStG

R 82 EStR 1999 ist weiter anzuwenden.

R 82 EStR 1999. Bewertungsfreiheit für abnutzbare Wirtschaftsgüter des Anlagevermögens privater Krankenhäuser

(1) [1]Der Begriff des Krankenhauses bestimmt sich nach § 2 Nr. 1 KHG. [2]Eine Einrichtung ist als → Krankenhaus anzusehen, soweit sie als Krankenhaus in den Krankenhausbedarfsplan aufgenommen ist oder soweit in ihr auf Grund eines Vertrags mit einem Sozialleistungsträger oder einem sonstigen öffentlich-rechtlichen Kostenträger ausschließlich zum Zweck stationärer oder teilstationärer medizinischer Behandlung ärztliche Leistungen, Pflege, Verpflegung, Unterkunft, Nebenleistungen, z. B. die Versorgung mit Arzneimitteln, Heilmitteln oder Hilfsmitteln, und gegebenenfalls sonstige Leistungen, z. B. nichtärztliche psychotherapeutische oder sozialtherapeutische Leistungen, soziale Betreuung und Beratung der Patienten, erbracht werden. [3]Ein Hochschulkrankenhaus ist stets als Krankenhaus anzusehen.

(2) [1]Soweit ein Fall nach Absatz 1 nicht vorliegt, sind die Voraussetzungen für das Vorliegen eines Krankenhauses im Einzelfall zu prüfen. [2]Danach ist die Einrichtung ein Krankenhaus, wenn sie folgende Merkmale erfüllt:

1. Die ärztliche und die pflegerische Hilfeleistung nach Absatz 1 müssen in der Einrichtung gegenüber den zu versorgenden Personen planmäßig und regelmäßig erbracht werden, dem einzelnen Patienten gewidmet sein und die Versorgung in der Einrichtung wesentlich mitbestimmen.
2. [1]Die Einrichtung darf nur Patienten und deren Begleitpersonen offen stehen. [2]Begleitperson ist eine nicht in der Einrichtung beschäftigte Person, die im Einzelfall an der Versorgung des Patienten – in der Regel durch pflegerische Hilfeleistung – beteiligt ist und deren Unterbringung in der Einrichtung für die Erbringung von Leistungen im Sinne der Begriffsbestimmung des § 2 Nr. 1 KHG (Behandlung) oder für den Behandlungserfolg medizinisch notwendig oder medizinisch zweckmäßig ist; davon ist stets auszugehen bei Kindern bis zu 14 Jahren und bei Schwerbehinderten.
3. Mit der Aufnahme in die Einrichtung muss die Lebensweise der aufgenommenen Patienten und Begleitpersonen den medizinisch begründeten Verhaltensregeln unterworfen sein.
4. [1]Ein wesentlicher Teil der Gesamtleistung der Einrichtung muss auf stationäre oder teilstationäre Leistungen im Sinne der Begriffsbestimmung des § 2 Nr. 1 KHG entfallen. [2]Dabei ist auf das Verhältnis der Entgelte abzustellen. [3]Teilstationäre Leistungen liegen vor, soweit die in die Einrichtung aufgenommenen Patienten dort zur Behandlung nicht ständig, sondern z. B. nur während des Tages für mehrere Stunden, während der Nacht oder an Wochenenden untergebracht und gegebenenfalls verpflegt werden.
5. [1]Die Einrichtung muss zur stationären oder teilstationären Behandlung der Personen, die nach der Zweckbestimmung der Einrichtung in ihr versorgt werden sollen, geeignet sein. [2]Sie muss auf die dazu notwendige Betreuung durch jederzeit rufbereite Ärzte und qualifiziertes Pflegepersonal eingerichtet sein und über die dazu notwendige medizinisch-technische Ausstattung verfügen.

[3]Treffen die genannten Voraussetzungen nur auf einen Teil der Einrichtung zu, ist die Einrichtung insoweit als Krankenhaus anzusehen, wenn dieser Teil räumlich oder nach seiner Versorgungsaufgabe als Einheit, z. B. als Abteilung oder besondere Einrichtung, abgrenzbar ist.

(3) Zu den Krankenhäusern gehören unter den genannten Voraussetzungen z. B. auch:

---

1) § 7f EStG aufgeh. durch G v. 22.12.2014, BGBl. I 2014, 2417, mWv 1.1.2015.

1. Krankenhäuser, die nur Kranke bestimmter Krankheitsarten oder bestimmter Altersstufen aufnehmen (Fach- oder Sonderkrankenhäuser),
2. Anstalten, in denen unheilbar Erkrankte untergebracht sind, die der ständigen ärztlichen Beaufsichtigung bedürfen,
3. Krankenhäuser, in denen ärztliche Hilfeleistung durch niedergelassene Ärzte erbracht wird (Belegkrankenhäuser),
4. Säuglingsheime, in denen nur kranke Kinder aufgenommen werden und die unter verantwortlicher ärztlicher Leitung stehen,
5. Entbindungsheime, die unter verantwortlicher ärztlicher Leitung stehen,
6. Diagnosekliniken,
7. Einrichtungen zur Erbringung teilstationärer Leistungen, z.B. Tages-, Nacht- und Wochenendkliniken,
8. Kurkrankenhäuser,
9. Vorsorge- und Rehabilitationseinrichtungen.

(4) Nicht zu den Krankenhäusern gehören z.B. Alten- und Pflegeheime sowie Einrichtungen, in denen nur ambulante Leistungen erbracht werden, z.B. Röntgeninstitute.

(5) [1] Die Sonderabschreibungen können nur für Wirtschaftsgüter in Anspruch genommen werden, die der Stpfl. vor dem 1.1.1996 bestellt oder herzustellen begonnen hat. [2] Als Beginn der Herstellung gilt bei Baumaßnahmen, für die eine Baugenehmigung erforderlich ist, der Zeitpunkt, in dem der Bauantrag (→ § 42a Abs. 4 und 5) gestellt worden ist. [3] Tritt ein Stpfl. in den Vertrag über die Anschaffung eines Wirtschaftsguts ein, so ist als Zeitpunkt der Bestellung nicht der Zeitpunkt der Bestellung durch den Dritten, sondern der Zeitpunkt des Vertragseintritts durch den Stpfl. maßgebend. [4] Stellt ein Stpfl. ein Wirtschaftsgut fertig, mit dessen Herstellung ein Dritter begonnen hat, so ist als Herstellungsbeginn nicht der Zeitpunkt des Herstellungsbeginns durch den Dritten, sondern der Zeitpunkt maßgebend, in dem der Stpfl. mit der Fertigstellung des Wirtschaftsguts beginnt. [5] Das gilt auch dann, wenn das Wirtschaftsgut auf Grund einer Baugenehmigung fertiggestellt wird, die der Dritte beantragt hat.

Zu § 7g EStG

H 7g

Investitionsabzugsbetrag. Zu Zweifelsfragen zu den Investitionsabzugsbeträgen nach § 7g Abs. 1 bis 4 und 7 EStG i.d.F. des StÄndG 2015 vom 2.11.2015 (BGBl. I S. 1834) → BMF vom 20.3.2017 (BStBl. I S. 423) unter Berücksichtigung der Änderungen durch BMF vom 26.8.2019 (BStBl. I S. 870).

Zu § 7h EStG

R 7h. Erhöhte Absetzungen nach § 7h EStG von Aufwendungen für bestimmte Maßnahmen an Gebäuden in Sanierungsgebieten und städtebaulichen Entwicklungsbereichen

(1) Den Miteigentümern eines Gebäudes stehen erhöhte Absetzungen nach § 7h EStG grundsätzlich im Verhältnis ihrer Eigentumsanteile zu; auf R 21.6 wird hingewiesen.

(2) Wird ein Gebäude, bei dem erhöhte Absetzungen nach § 7h EStG vorgenommen werden, aus dem Betriebsvermögen in das Privatvermögen oder umgekehrt überführt, ist eine sich dabei ergebende Erhöhung oder Minderung der Bemessungsgrundlage dem Teil des Gebäudes zuzuordnen, für den keine erhöhten Absetzungen nach § 7h EStG gewährt werden.

(3) [1]Werden erhöhte Absetzungen nach § 7h EStG in Anspruch genommen, braucht aus Vereinfachungsgründen das Vorliegen der Voraussetzungen nur für den VZ geprüft zu werden, in dem die begünstigten Baumaßnahmen fertig gestellt worden sind. [2]Die Nachholung versehentlich unterlassener erhöhter Absetzungen nach § 7h EStG ist nicht möglich.

(4) [1]Die zuständige Gemeindebehörde hat nach den länderspezifischen Bescheinigungsrichtlinien zu prüfen,

1. ob das Gebäude in einem förmlich festgelegten Sanierungsgebiet oder städtebaulichen Entwicklungsbereich belegen ist,
2. ob Modernisierungs- und Instandsetzungsmaßnahmen i. S. d. § 177 BauGB oder andere Maßnahmen i. S. d. § 7h Abs. 1 Satz 2 EStG durchgeführt worden sind,
3. in welcher Höhe Aufwendungen, die die vorstehenden Voraussetzungen erfüllen, angefallen sind,[1)]
4. inwieweit Zuschüsse aus öffentlichen Mitteln durch eine der für Sanierungsgebiete oder städtebaulichen Entwicklungsbereiche zuständigen Behörde bewilligt worden sind oder nach Ausstellung der Bescheinigung bewilligt werden (Änderung der Bescheinigung).

[2]Die Bescheinigung unterliegt weder in rechtlicher noch in tatsächlicher Hinsicht der Nachprüfung durch die Finanzbehörden. [3]Es handelt sich hierbei um einen Verwaltungsakt in Form eines Grundlagenbescheides, an den die Finanzbehörden im Rahmen des gesetzlich vorgegebenen Umfangs gebunden sind (§ 175 Abs. 1 Satz 1 Nr. 1 AO). [4]Ist jedoch offensichtlich, dass die Bescheinigung für Maßnahmen erteilt worden ist, bei denen die Voraussetzungen nicht vorliegen, hat die Finanzbehörde ein Remonstrationsrecht, d. h. sie kann die Gemeindebehörde zur Überprüfung veranlassen sowie um Rücknahme oder Änderung der Bescheinigung nach Maßgabe des § 48 Abs. 1 VwVfG bitten.[2)] [5]Die Gemeindebehörde ist verpflichtet, dem Finanzamt die Rücknahme oder Änderung der Bescheinigung mitzuteilen (§ 4 Mitteilungsverordnung).[3)]

(5) Die Finanzbehörden haben zu prüfen,

1. ob die vorgelegte Bescheinigung von der zuständigen Gemeindebehörde ausgestellt worden ist,
2. ob die bescheinigten Aufwendungen steuerrechtlich dem Gebäude i. S. d. § 7h Abs. 1 EStG zuzuordnen sind,
3. ob die bescheinigten Aufwendungen zu den Herstellungskosten oder den nach § 7h Abs. 1 Satz 3 EStG begünstigten Anschaffungskosten, zu den sofort abziehbaren Betriebsausgaben oder Werbungskosten, insbesondere zum Erhaltungsaufwand, oder zu den nicht abziehbaren Ausgaben gehören,

---

1) Siehe aber auch H 7h „Bindungswirkung der Bescheinigung" EStH.

2) **[Amtl. Anm.:]** Für offensichtlich rechtswidrige Bescheinigungen, die nach dem 31.12.2020 erteilt werden → § 7h Abs. 2 Satz 1 EStG i. d. F. des Artikel 1 des JStG 2020 i. V. m. § 52 Abs. 16a Satz 4 EStG.

3) VO v. 7.9.1993, BGBl. I 1993, 1554, zuletzt geänd. durch VO v. 23.9.2021, BGBl. I 2021, 4386 (**Steuergesetze** Nr. **800 f**).

4. ob weitere Zuschüsse für die bescheinigten Aufwendungen gezahlt werden oder worden sind,
5. ob die Aufwendungen bei einer Einkunftsart oder bei einem zu eigenen Wohnzwecken genutzten Gebäude wie Sonderausgaben (→ § 10f EStG) berücksichtigt werden können,
6. in welchem VZ die erhöhten Absetzungen, die Verteilung von Erhaltungsaufwand (→ § 11a EStG) oder der Abzug wie Sonderausgaben (→ § 10f EStG) erstmals in Anspruch genommen werden können.

(6) [1]Eine begünstigte Maßnahme i. S. d. § 7h Abs. 1 Satz 1 EStG liegt auch vor, wenn die Modernisierungs- und Instandhaltungsmaßnahmen auf Grund einer konkreten vertraglichen Vereinbarung zwischen Eigentümer und Gemeinde durchgeführt werden. [2]Die Prüfungs- und Bescheinigungspflicht i. S. d. Absatzes 4 besteht auch in diesen Fällen. [3]Baumaßnahmen, die ohne konkrete vertragliche Vereinbarung auf freiwilliger Grundlage durchgeführt werden, sind von dem Begünstigungstatbestand des § 7h Abs. 1 Satz 1 EStG nicht erfasst.

(7) Für die Begünstigung von Modernisierungs- und Instandsetzungsmaßnahmen i. S. d. § 177 BauGB ist es unschädlich, wenn die zugrunde liegende Sanierungssatzung während oder nach Durchführung der Maßnahmen aufgehoben wird.

H 7h

Bauherrenmodelle. Zu den Besonderheiten bei Baumaßnamen i. S. d. §§ 7h und 7i EStG im Rahmen von Bauherrenmodellen → BMF vom 20.10.2003 (BStBl. I S. 546), RdNr. 10.

Begünstigte Baumaßnahmen.
- Begünstigt sind nur Herstellungskosten an einem im Sanierungsgebiet liegenden, bestehenden Gebäude, nicht hingegen der Neubau oder Wiederaufbau von Gebäuden (→ BFH vom 2.9.2008 – BStBl. 2009 II S. 596).
- Auch Aufwendungen für eine Eigentumswohnung, mit der neuer Wohnraum geschaffen wird, können begünstigt sein, wenn und soweit sie sich auf den Altbaubestand beziehen und die Voraussetzungen des § 7h Abs. 1 und 2 EStG erfüllen. Es ist unerheblich, ob und mit welchem Anteil die begünstigten Aufwendungen das Sondereigentum oder das Gemeinschaftseigentum betreffen (→ BFH vom 10.10.2017 – BStBl. 2018 II S. 272).

Bescheinigungsrichtlinien. Übersicht über die Veröffentlichung der länderspezifischen Bescheinigungsrichtlinien → BMF vom 21.1.2020 (BStBl. I S. 169).

Bindungswirkung der Bescheinigung.
- Die Bindungswirkung der Bescheinigung umfasst nicht die persönliche Abzugsberechtigung (→ BFH vom 21.8.2001 – BStBl. 2003 II S. 910).
- Allein die Gemeinde prüft, ob Modernisierungs- und Instandsetzungsmaßnahmen i. S. d. § 177 BauGB durchgeführt wurden. Auf Grund der Wertungen des BauGB ist zu entscheiden, wie die Begriffe „Modernisierung" und „Instandsetzung" zu verstehen sind und ob darunter auch ein Neubau im bautechnischen Sinne zu subsumieren ist. Es besteht keine

Bindungswirkung in Bezug auf die Höhe der begünstigten Kosten (→ BFH vom 22.10.2014 – BStBl. 2015 II S. 367, vom 6.12.2016 – BStBl. 2017 II S. 523 und vom 17.4.2018 – BStBl. II S. 597).

Gleichstehender Rechtsakt. An den einem obligatorischen Erwerbsvertrag gleichstehenden Rechtsakt sind hinsichtlich seiner Rechtsbindung und der Rechtsklarheit dieselben Anforderungen zu stellen wie an den obligatorischen Erwerbsvertrag. Es bedarf einer formgerechten schuldrechtlichen Erwerbsverpflichtung, von der sich kein Beteiligter mehr einseitig lösen kann. Hierzu zählt insbesondere der Erbfall, der Zuschlag im Zwangsversteigerungsverfahren oder der Erwerb von Anteilen an einer Personengesellschaft. Ein unwiderrufliches Kaufangebot begründet weder eine beidseitige Verpflichtung noch definiert es einen konkreten Erwerbszeitpunkt und stellt mithin keinen gleichstehenden Rechtsakt i. S. d. §§ 7h, 7i EStG dar (→ BFH vom 19.2.2013 – BStBl. II S. 482).

Nichtvorliegen der Bescheinigung.
- Fehlt es an einer Bescheinigung nach § 7h Abs. 2 EStG, z.B. weil die Gemeindebehörde keine den formellen Anforderungen entsprechende Bescheinigung erstellt hat, geht die Prüfungsbefugnis nicht auf das Finanzamt über; dieses ist allenfalls zur vorläufigen Schätzung nach § 162 Abs. 5 AO befugt (→ BFH vom 10.10.2017 – BStBl. 2018 II S. 272).
- → H 7i.

Objektbezogenheit der Bescheinigung.
- Erhöhte Absetzungen können für eine Eigentumswohnung geltend gemacht werden, wenn die Bescheinigung objektbezogen ausgestellt wird. Bei einem aus mehreren Eigentumswohnungen bestehenden Gebäude muss für jede einzelne Eigentumswohnung eine Bescheinigung ausgestellt werden (→ BFH vom 6.5.2014 – BStBl. 2015 II S. 581 und vom 10.10.2017 – BStBl. 2018 II S. 272).
- Besteht ein Gebäude aus mehreren selbständigen unbeweglichen Wirtschaftsgütern, weil es in verschiedenen Nutzungs- und Funktionszusammenhängen steht (z.B. fremde Wohnzwecke; eigene Wohnzwecke), ist eine objektbezogene Bescheinigung für den jeweiligen Gebäudeteil erforderlich. Eine Bescheinigung, die sich lediglich auf das Gesamtgebäude bezieht, genügt nicht (→ BFH vom 6.12.2016 – BStBl. 2017 II S. 523).

Personengesellschaft. Erhöhte Absetzungen nach Ausscheiden eines Gesellschafters → H 7a (Mehrere Beteiligte).

Verwaltungsverfahrensgesetz:

§ 48 VwVfG – Rücknahme eines rechtswidrigen Verwaltungsaktes

„(1) [1] Ein rechtswidriger Verwaltungsakt kann, auch nachdem er unanfechtbar geworden ist, ganz oder teilweise mit Wirkung für die Zukunft oder für die Vergangenheit zurückgenommen werden. [2] Ein Verwaltungsakt, der ein Recht oder einen rechtlich erheblichen Vorteil begründet oder bestätigt hat (begünstigender Verwaltungsakt), darf nur unter den Einschränkungen der Absätze 2 bis 4 zurückgenommen werden.

(2) [1] Ein rechtswidriger Verwaltungsakt, der eine einmalige oder laufende Geldleistung oder teilbare Sachleistung gewährt oder hierfür Voraussetzung ist, darf nicht zurückgenommen werden, soweit der Begünstigte auf den Bestand des Verwaltungsaktes vertraut hat und sein Vertrauen unter Abwägung mit dem öffentlichen Interesse an einer Rücknahme schutzwürdig ist. [2] Das Vertrauen ist in der Regel schutzwürdig, wenn der Begünstigte gewährte Leistungen verbraucht oder eine Vermögensdisposition getroffen hat, die er nicht

mehr oder nur unter unzumutbaren Nachteilen rückgängig machen kann. [3]Auf Vertrauen kann sich der Begünstigte nicht berufen, wenn er

1. den Verwaltungsakt durch arglistige Täuschung, Drohung oder Bestechung erwirkt hat;
2. den Verwaltungsakt durch Angaben erwirkt hat, die in wesentlicher Beziehung unrichtig oder unvollständig waren;
3. die Rechtswidrigkeit des Verwaltungsaktes kannte oder infolge grober Fahrlässigkeit nicht kannte.

[4]In den Fällen des Satzes 3 wird der Verwaltungsakt in der Regel mit Wirkung für die Vergangenheit zurückgenommen.

(3) [1]Wird ein rechtswidriger Verwaltungsakt, der nicht unter Absatz 2 fällt, zurückgenommen, so hat die Behörde dem Betroffenen auf Antrag den Vermögensnachteil auszugleichen, den dieser dadurch erleidet, dass er auf den Bestand des Verwaltungsaktes vertraut hat, soweit sein Vertrauen unter Abwägung mit dem öffentlichen Interesse schutzwürdig ist. [2]Absatz 2 Satz 3 ist anzuwenden. [3]Der Vermögensnachteil ist jedoch nicht über den Betrag des Interesses hinaus zu ersetzen, das der Betroffene an dem Bestand des Verwaltungsaktes hat. [4]Der auszugleichende Vermögensnachteil wird durch die Behörde festgesetzt. [5]Der Anspruch kann nur innerhalb eines Jahres geltend gemacht werden; die Frist beginnt, sobald die Behörde den Betroffenen auf sie hingewiesen hat.

(4) [1]Erhält die Behörde von Tatsachen Kenntnis, welche die Rücknahme eines rechtswidrigen Verwaltungsaktes rechtfertigen, so ist die Rücknahme nur innerhalb eines Jahres seit dem Zeitpunkt der Kenntnisnahme zulässig. [2]Dies gilt nicht im Falle des Absatzes 2 Satz 3 Nr. 1.

(5) Über die Rücknahme entscheidet nach Unanfechtbarkeit des Verwaltungsaktes die nach § 3 zuständige Behörde; dies gilt auch dann, wenn der zurückzunehmende Verwaltungsakt von einer anderen Behörde erlassen worden ist."

Zu § 7i EStG

R 7i. Erhöhte Absetzungen nach § 7i EStG von Aufwendungen für bestimmte Baumaßnahmen an Baudenkmalen

(1) R 7h Abs. 1 bis 3 gilt entsprechend.

(2) [1]Die nach Landesrecht zuständige Denkmalbehörde hat zu prüfen und zu bescheinigen,

1. ob das Gebäude oder der Gebäudeteil nach den landesrechtlichen Vorschriften ein Baudenkmal ist,
2. ob die Baumaßnahmen nach Art und Umfang
   a) zur Erhaltung des Gebäudes oder Gebäudeteiles als Baudenkmal oder zu seiner sinnvollen Nutzung,
   b) bei einem Gebäude, das Teil einer geschützten Gesamtanlage oder Gebäudegruppe ist, zur Erhaltung des schützenswerten äußeren Erscheinungsbildes der Gesamtanlage oder Gebäudegruppe

   erforderlich waren,
3. ob die Arbeiten vor Beginn und bei Planungsänderungen vor Beginn der geänderten Vorhaben mit der Bescheinigungsbehörde abgestimmt waren,[1)]
4. in welcher Höhe Aufwendungen, die die vorstehenden Voraussetzungen erfüllen, angefallen sind,

---

[1)] Zum Verzicht auf die vorherige Abstimmung mit der nach Landesrecht zuständigen oder von der Landesregierung bestimmten Stelle bei Baumaßnahmen zur Beseitigung der durch die Flutkatastrophe vom Juli 2021 in mehreren Regionen entstandenen Schäden an Baudenkmalen siehe BMF v. 14.10.2021, BStBl. I 2021, 1806.

5. ob und in welcher Höhe Zuschüsse aus öffentlichen Mitteln durch eine der für den Denkmalschutz oder Denkmalpflege zuständigen Behörden bewilligt worden sind oder nach Ausstellung der Bescheinigung bewilligt werden (Änderung der Bescheinigung).

[2]R 7h Abs. 4 Satz 2 bis 5 gilt entsprechend.

(3) [1]Die Finanzbehörden haben zu prüfen,

1. ob die vorgelegte Bescheinigung von der nach Landesrecht zuständigen oder der von den Landesregierungen bestimmten Behörde ausgestellt worden ist,
2. ob die bescheinigten Aufwendungen zu den Herstellungskosten oder den nach § 7i Abs. 1 Satz 5 EStG begünstigten Anschaffungskosten, zu den sofort abziehbaren Betriebsausgaben oder Werbungskosten, insbesondere zum Erhaltungsaufwand, oder zu den nicht abziehbaren Ausgaben gehören,
3. ob die bescheinigten Aufwendungen steuerrechtlich dem Gebäude oder Gebäudeteil i. S. d. § 7i Abs. 1 EStG zuzurechnen sind,
4. ob weitere Zuschüsse für die bescheinigten Aufwendungen gezahlt werden oder worden sind,
5. ob die Aufwendungen bei einer Einkunftsart oder bei einem zu eigenen Wohnzwecken genutzten Gebäude wie Sonderausgaben (→ § 10f EStG) berücksichtigt werden können,
6. in welchem VZ die erhöhten Absetzungen, die Verteilung von Erhaltungsaufwand (→ § 11b EStG) oder der Abzug wie Sonderausgaben (→ § 10f EStG) erstmals in Anspruch genommen werden können.

[2]Fällt die Eigenschaft als Baudenkmal innerhalb des Begünstigungszeitraums weg, können die erhöhten Absetzungen ab dem Jahr, das auf den Wegfall folgt, nicht weiter in Anspruch genommen werden.

H 7i

Bauherrenmodelle. Zu den Besonderheiten bei Baumaßnahmen i. S. d. §§ 7h und 7i EStG im Rahmen von Bauherrenmodellen → BMF vom 20.10.2003 (BStBl. I S. 546), RdNr. 10.

Bescheinigungsbehörde. Übersicht über die zuständigen Bescheinigungsbehörden → BMF vom 4.6.2015 (BStBl. I S. 506).

Bescheinigungsrichtlinien. Übersicht über die Veröffentlichung der länderspezifischen Bescheinigungsrichtlinien → BMF vom 21.1.2020 (BStBl. I S. 169).

Bindungswirkung der Bescheinigung.

- Sind die bescheinigten Aufwendungen steuerrechtlich den (nachträglichen) Herstellungskosten eines selbständigen, vom Baudenkmal getrennten Wirtschaftsguts (z. B. den Außenanlagen, dem Grund und Boden, einer getrennt vom Baudenkmal errichteten Tiefgarage) zuzurechnen, sind die Finanzbehörden nicht an die Bescheinigung gebunden (→ BFH vom 15.10.1996 – BStBl. 1997 II S. 176). Ob ein zusätzlich errichtetes Bauwerk einen Bestandteil des als Denkmal geschützten Gebäudes oder ein selbständiges neues Gebäude bildet, ist keine denkmalrechtliche, sondern

eine steuerrechtliche Frage, die von den Finanzbehörden eigenständig zu prüfen ist (→ BFH vom 14.1.2003 – BStBl. II S. 916).
- Sind die bescheinigten Aufwendungen den nachträglichen Herstellungskosten des Baudenkmals zuzurechnen, sind die Finanzbehörden an die Bescheinigung auch dann gebunden, wenn diese unzutreffend ist. Das Remonstrationsrecht der Finanzbehörden (→ R 7i Abs. 2 Satz 2) bleibt unberührt (→ BFH vom 5.11.1996 – BStBl. 1997 II S. 244).
- Die Bindungswirkung der Bescheinigung umfasst nicht die persönliche Abzugsberechtigung (→ BFH vom 6.3.2001 – BStBl. II S. 796).
- Die Voraussetzungen des § 7i EStG sind nicht erfüllt, wenn die Bescheinigung keine Angaben zur Höhe der begünstigten Aufwendungen enthält (→ BFH vom 11.6.2002 – BStBl. 2003 II S. 578).

Gleichstehender Rechtsakt. → H 7h.

Neubau. Denkmal i.S.d. § 7i EStG kann steuerrechtlich auch ein Neubau im bautechnischen Sinne sein. Nicht förderungsfähig sind hingegen der Wiederaufbau oder die völlige Neuerrichtung des Gebäudes (→ BFH vom 24.6.2009 – BStBl. II S. 960).

Nichtvorliegen der Bescheinigung.
- Das Finanzamt hat bei Nichtvorliegen der Bescheinigung eine überprüfbare Ermessensentscheidung darüber zu treffen, ob und in welcher Höhe es die erhöhten Absetzungen im Wege der Schätzung nach § 162 Abs. 5 AO anerkennt. Gegen die vorläufige Anerkennung spricht, wenn die vom Stpfl. vorgelegten Unterlagen keine Informationen darüber enthalten, auf welche einzelnen Baumaßnahmen sich die Kosten bezogen haben und ob die Aufwendungen konkret Herstellungskosten für begünstigte Maßnahmen darstellen (→ BFH vom 14.5.2014 – BStBl. 2015 II S. 12).
- → H 7h.

Objektbezogenheit der Bescheinigung. → H 7h.

Personengesellschaft. Erhöhte Absetzungen nach Ausscheiden eines Gesellschafters → H 7a (Mehrere Beteiligte).

Teilherstellungskosten. Die erhöhten Absetzungen nach § 7i EStG können hinsichtlich einzelner Baumaßnahmen bereits im Jahr des Abschlusses der jeweiligen Maßnahme und nicht erst bei Beendigung der Gesamtbaumaßnahme vorgenommen werden, wenn die einzelne Baumaßnahme von anderen sachlich abgrenzbar und als solche abgeschlossen ist (→ BFH vom 20.8.2002 – BStBl. 2003 II S. 582).

Veräußerung. Im Jahr der Veräußerung des Baudenkmals kann der Stpfl. die erhöhten Absetzungen mit dem vollen Jahresbetrag in Anspruch nehmen (→ BFH vom 18.6.1996 – BStBl. II S. 645).

Zu § 9a EStG

R 9a. Pauschbeträge für Werbungskosten

Die Pauschbeträge für Werbungskosten sind nicht zu ermäßigen, wenn die unbeschränkte Steuerpflicht lediglich während eines Teiles des Kalenderjahres bestanden hat.

H 9a

Beschränkt Einkommensteuerpflichtige. Zur Anwendung der Pauschbeträge für Werbungskosten bei beschränkt Einkommensteuerpflichtigen → § 50 Abs. 1 Satz 3 bis 5 EStG.

Zu § 9b EStG

R 9b. Auswirkungen der Umsatzsteuer auf die Einkommensteuer

Allgemeines

(1) [1] Soweit ein Vorsteuerbetrag nach § 15 UStG umsatzsteuerrechtlich nicht abgezogen werden darf, ist er den Anschaffungs- oder Herstellungskosten des zugehörigen Wirtschaftsgutes zuzurechnen. [2] Diese Zurechnung gilt sowohl für Wirtschaftsgüter des Anlagevermögens als auch für Wirtschaftsgüter des Umlaufvermögens. [3] In die Herstellungskosten sind die auf den Materialeinsatz und die Gemeinkosten entfallenden nicht abziehbaren Vorsteuerbeträge einzubeziehen.

Wertgrenzen

(2) [1] Für die Frage, ob bei den Wirtschaftsgütern i. S. d. § 6 Abs. 2 oder 2a oder § 9 Abs. 1 Satz 3 Nr. 7 Satz 2 EStG die Grenzen von *150,*[1)] 1000 oder *410*[2)] Euro überschritten sind, ist stets von den Anschaffungs- oder Herstellungskosten abzüglich eines darin enthaltenen Vorsteuerbetrags, also von dem reinen Warenpreis ohne Vorsteuer (Nettowert), auszugehen. [2] Ob der Vorsteuerbetrag umsatzsteuerrechtlich abziehbar ist, spielt in diesem Fall keine Rolle. [3] Dagegen sind für die Bemessung der Freigrenze für Geschenke[3)] nach § 4 Abs. 5 Satz 1 Nr. 1 EStG die Anschaffungs- oder Herstellungskosten einschließlich eines umsatzsteuerrechtlich nicht abziehbaren Vorsteuerbetrags maßgebend; dabei bleibt § 15 Abs. 1a UStG unberücksichtigt.

Nicht abziehbare Vorsteuerbeträge nach § 15 Abs. 1a UStG

(3) [1] Die nach § 15 Abs. 1a UStG nicht abziehbaren Vorsteuerbeträge unterliegen dem Abzugsverbot des § 12 Nr. 3 EStG. [2] § 9b EStG findet insoweit keine Anwendung.

H 9b

Freigrenze für Geschenke nach § 4 Abs. 5 Satz 1 Nr. 1 EStG.

Beispiele:

Ein Unternehmer erwirbt ein Geschenk, dessen Bruttokaufpreis 40,46 € beträgt (darin enthaltene Vorsteuer 19% = 6,46 €).

a) Bei Unternehmern mit Umsätzen, die zum Vorsteuerabzug berechtigen, ist für die Bemessung der Freigrenze auf den Nettowarenwert i. H. v. 34 € abzustellen. Die Freigrenze von 35 € wird nicht überschritten.

---

1) **[Amtl. Anm.:]** Bei Anschaffung oder Herstellung ab 1.1.2018: 250 Euro → § 52 Abs. 12 Satz 6 EStG.

2) **[Amtl. Anm.:]** Bei Anschaffung oder Herstellung ab 1.1.2018: 800 Euro → § 52 Abs. 12 Satz 4 EStG.

3) 35 € für Wirtschaftsjahre, die nach dem 31.12.2003 beginnen.

b) Bei Unternehmern mit Umsätzen, die nicht zum Vorsteuerabzug berechtigen, ist für die Bemessung der Freigrenze auf den Bruttowarenwert abzustellen. Die Freigrenze von 35 € wird überschritten.

Gewinnermittlung nach § 4 Abs. 3 EStG und Ermittlung des Überschusses der Einnahmen über die Werbungskosten. Die vereinnahmten Umsatzsteuerbeträge (für den Umsatz geschuldete Umsatzsteuer und vom Finanzamt erstattete Vorsteuer) gehören im Zeitpunkt ihrer Vereinnahmung zu den Betriebseinnahmen oder Einnahmen, die verausgabten Umsatzsteuerbeträge (gezahlte Vorsteuer und an das Finanzamt abgeführte Umsatzsteuerbeträge) im Zeitpunkt ihrer Verausgabung zu den Betriebsausgaben oder Werbungskosten, es sei denn, dass die Vorsteuerbeträge nach R 9b Abs. 1 den Anschaffungs- oder Herstellungskosten des zugehörigen Wirtschaftsguts zuzurechnen sind und diese nicht sofort abziehbar sind (→ BFH vom 29.6.1982 – BStBl. II S. 755). § 4 Abs. 3 Satz 2 EStG findet insoweit keine Anwendung (→ BFH vom 19.2.1975 – BStBl. II S. 441). Hierbei spielt es keine Rolle, ob der Stpfl. zum Vorsteuerabzug berechtigt ist und ob er seine Umsätze nach den allgemeinen umsatzsteuerrechtlichen Vorschriften versteuert oder ob die Umsatzsteuer nach § 19 Abs. 1 UStG nicht erhoben wird.

Irrtümlich erstattete Vorsteuerbeträge. Nicht abziehbare Vorsteuerbeträge sind auch bei zunächst irrtümlicher Erstattung Herstellungskosten des Wirtschaftsguts (→ BFH vom 4.6.1991 – BStBl. II S. 759).

Umsatzsteuerlich fehlgeschlagene Option. Bei umsatzsteuerlich fehlgeschlagener Option führt die Rückzahlung der Vorsteuererstattung nicht zu Werbungskosten bei den Einkünften aus Vermietung und Verpachtung (→ BFH vom 13.11.1986 – BStBl. 1987 II S. 374).

Zu § 10 EStG
(§§ 29 und 30 EStDV)

R 10.1 Sonderausgaben (Allgemeines)

Bei Ehegatten, die nach § 26b EStG zusammen zur Einkommensteuer veranlagt werden, kommt es für den Abzug von Sonderausgaben nicht darauf an, ob sie der Ehemann oder die Ehefrau[1] geleistet hat.

H 10.1

Abkürzung des Zahlungsweges. Bei den Sonderausgaben kommt der Abzug von Aufwendungen eines Dritten auch unter dem Gesichtspunkt der Abkürzung des Vertragswegs nicht in Betracht (→ BMF vom 7.7.2008 – BStBl. I S. 717).

Abzugshöhe/Abzugszeitpunkt.

– Sonderausgaben sind in dem VZ abziehbar, in dem sie geleistet worden sind (§ 11 Abs. 2 EStG). Dies gilt auch, wenn sie der Stpfl. mit Darlehensmitteln bestritten hat (→ BFH vom 15.3.1974 – BStBl. II S. 513).

[1] **[Amtl. Anm.:]** Gilt auch für gleichgeschlechtliche Ehegatten (→ Gesetz zur Einführung des Rechts auf Eheschließung für Personen gleichen Geschlechts vom 20.7.2017 – BGBl. I S. 2787).

Sie dürfen nur dann bei der Ermittlung des Einkommens abgezogen werden, wenn der Stpfl. tatsächlich und endgültig wirtschaftlich belastet ist. Steht im Zeitpunkt der Zahlung, ggf. auch im Zeitpunkt der Erstattung noch nicht fest, ob der Stpfl. durch die Zahlung endgültig wirtschaftlich belastet bleibt (z. B. bei Kirchensteuer im Falle der Aufhebung der Vollziehung), sind sie im Jahr des Abflusses abziehbar (→ BFH vom 24.4.2002 – BStBl. II S. 569).
Werden gezahlte Sonderausgaben in einem späteren VZ an den Stpfl. erstattet, ist der Erstattungsbetrag aus Gründen der Praktikabilität im Erstattungsjahr mit gleichartigen Sonderausgaben zu verrechnen mit der Folge, dass die abziehbaren Sonderausgaben des Erstattungsjahres entsprechend gemindert werden. Ob die Sonderausgaben gleichartig sind, richtet sich nach deren Sinn und Zweck sowie deren wirtschaftlichen Bedeutung und Auswirkungen für den Stpfl. Bei Versicherungsbeiträgen kommt es auf die Funktion der Versicherung und das abgesicherte Risiko an (→ BFH vom 21.7.2009 – BStBl. 2010 II S. 38).
- Kirchensteuer → H 10.7 (Willkürliche Zahlungen).

Erstattungsüberhänge.
- → BMF vom 24.5.2017 (BStBl. I S. 820), Rz. 203, 204.[1]
- Die Hinzurechnung nach § 10 Abs. 4b Satz 3 EStG erfolgt auch dann, wenn sich die erstattete Zahlung im Zahlungsjahr nicht steuermindernd ausgewirkt hat (→ BFH vom 12.3.2019 – BStBl. II S. 658).

R 10.2 Unterhaltsleistungen an den geschiedenen oder dauernd getrennt lebenden Ehegatten

(1) Der Antrag nach § 10 Abs. 1 Nr. 1 EStG[2] kann auf einen Teilbetrag der Unterhaltsleistungen beschränkt werden.

(2) [1]Die Zustimmung wirkt auch dann bis auf Widerruf, wenn sie im Rahmen eines Vergleichs erteilt wird. [2]Die Zustimmung zum Abzug von Unterhaltsleistungen als Sonderausgaben dem Grunde nach wirkt auch für die Erhöhung des Höchstbetrags nach § 10 Abs. 1 Nr. 1 Satz 2 EStG.[3] [3]Dies gilt unabhängig davon, wann die Zustimmung erteilt wurde.

(3) Leistet jemand Unterhalt an mehrere Empfänger, sind die Unterhaltsleistungen an jeden bis zum Höchstbetrag abziehbar.

H 10.2

Allgemeines.
- Durch Antrag und Zustimmung werden alle in dem betreffenden VZ geleisteten Unterhaltsaufwendungen zu Sonderausgaben umqualifiziert. Für den Abzug ist es unerheblich, ob es sich um einmalige oder laufende Leistungen bzw. Nachzahlungen oder Vorauszahlungen handelt. Ein Abzug als außergewöhnliche Belastung ist nicht möglich, auch nicht, soweit

---

[1] Geänd. durch BMF v. 6.11.2017, BStBl. I 2017, 1455, v. 28.9.2021, BStBl. I 2021, 1833, v. 16.12.2021, DStR 2021, 2972.
[2] **[Amtl. Anm.:]** Jetzt § 10 Abs. 1a Nr. 1 EStG.
[3] **[Amtl. Anm.:]** Jetzt § 10 Abs. 1a Nr. 1 Satz 2 EStG.

sie den für das Realsplitting geltenden Höchstbetrag übersteigen (→ BFH vom 7.11.2000 – BStBl. 2001 II S. 338).

- Antrag und Zustimmung zum begrenzten Realsplitting können nicht – auch nicht übereinstimmend – zurückgenommen oder nachträglich beschränkt werden (→ BFH vom 22.9.1999 – BStBl. 2000 II S. 218).
- Ein Einkommensteuerbescheid ist nach § 175 Abs. 1 Satz 1 Nr. 2 AO zu ändern, wenn nach Eintritt der Bestandskraft
  - sowohl die Zustimmung erteilt als auch der Antrag nach § 10 Abs. 1a Nr. 1 Satz 1 EStG gestellt werden (→ BFH vom 12.7.1989 – BStBl. II S. 957) oder
  - der Antrag i. V. m. einer nachträglichen Zustimmungserweiterung ausgedehnt wird (→ BFH vom 28.6.2006 – BStBl. 2007 II S. 5).
- Ein Einkommensteuerbescheid ist nach § 175 Abs. 1 Satz 1 Nr. 2 AO nicht zu ändern, wenn der Antrag auf Realsplitting erst nach Bestandskraft des Einkommensteuerbescheids gestellt wird, obwohl die Zustimmungserklärung des Unterhaltsempfängers dem Geber bereits vor Eintritt der Bestandskraft vorlag (→ BFH vom 20.8.2014 – BStBl. 2015 II S. 138).

Erbe. Unterhaltsleistungen, die der Erbe nach § 1586b BGB an den geschiedenen Ehegatten des Erblassers zu erbringen hat, sind nicht als Sonderausgaben abzugsfähig (→ BFH vom 12.11.1997 – BStBl. 1998 II S. 148).

Nicht unbeschränkt steuerpflichtiger Empfänger. Ist der Empfänger nicht unbeschränkt steuerpflichtig, kann ein Abzug der Unterhaltsleistungen bei Vorliegen der Voraussetzungen des § 1a Abs. 1 Nr. 1 EStG oder auf Grund eines DBA in Betracht kommen. Entsprechende Regelungen gibt es z. B. in den DBA Kanada, Artikel 18 Abs. 3 Buchst. d und Protokoll Nr. 8 (BStBl. 2002 I S. 505, 521) und den USA, Artikel 18 Abs. 3 und Protokoll Nr. 15 (BStBl. 2008 I S. 766) sowie in der mit der Schweiz getroffenen Verständigungsvereinbarung, § 21 Abs. 2 Deutsch-Schweizerische Konsultationsvereinbarungsverordnung (BStBl. 2011 I S. 146).[1)]

Rechtsanwaltskosten. Rechtsanwaltskosten, die ein Stpfl. aufwendet, um die Zustimmung seines geschiedenen oder dauernd getrennt lebenden unbeschränkt steuerpflichtigen Ehegatten zum begrenzten Realsplitting zu erlangen, sind keine Unterhaltsleistungen (→ BFH vom 10.3.1999 – BStBl. II S. 522).

Unterhaltsleistungen. Es ist unerheblich, ob die Unterhaltsleistungen freiwillig oder auf Grund gesetzlicher Unterhaltspflicht erbracht werden. Auch als Unterhalt erbrachte Sachleistungen sind zu berücksichtigen (→ BFH vom 12.4.2000 – BStBl. 2002 II S. 130).

Wohnungsüberlassung.

- Bei unentgeltlicher Wohnraumüberlassung kann der Mietwert als Sonderausgabe abgezogen werden. Befindet sich die überlassene Wohnung im Miteigentum des geschiedenen oder dauernd getrennt lebenden Ehegatten, kann der überlassende Ehegatte neben dem Mietwert seines Miteigentumsanteils auch die von ihm auf Grund der Unterhaltsvereinba-

---

1) In der Loseblattsammlung **Doppelbesteuerungsabkommen** sind sämtliche DBA mit Vereinbarungen und die wichtigsten Verwaltungsanweisungen abgedruckt.

rung getragenen verbrauchsunabhängigen Kosten für den Miteigentumsanteil des anderen Ehegatten als Sonderausgabe abziehen (→ BFH vom 12.4.2000 – BStBl. 2002 II S. 130).

– Zur Wohnungsüberlassung an den geschiedenen oder dauernd getrennt lebenden Ehegatten bei Abschluss eines Mietvertrages → H 21.4 (Vermietung an Unterhaltsberechtigte).

Zustimmung.

– Die Finanzbehörden sind nicht verpflichtet zu prüfen, ob die Verweigerung der Zustimmung rechtsmissbräuchlich ist (→ BFH vom 25.7.1990 – BStBl. II S. 1022).
– Im Fall der rechtskräftigen Verurteilung zur Erteilung der Zustimmung (§ 894 Abs. 1 ZPO; → BFH vom 25.10.1988 – BStBl. 1989 II S. 192) wirkt sie nur für das Kj., das Gegenstand des Rechtsstreits war.
– Stimmt der geschiedene oder dauernd getrennt lebende Ehegatte dem der Höhe nach beschränkten Antrag auf Abzug der Unterhaltszahlungen als Sonderausgaben zu, beinhaltet dies keine der Höhe nach unbeschränkte Zustimmung für die Folgejahre (→ BFH vom 14.4.2005 – BStBl. II S. 825).
– Der **Widerruf** der Zustimmung muss vor Beginn des Kj., für den er wirksam werden soll, erklärt werden. Er ist gegenüber dem Wohnsitzfinanzamt sowohl des Unterhaltsleistenden als auch des Unterhaltsempfängers möglich. Wird er gegenüber dem Wohnsitzfinanzamt des Unterhaltsempfängers erklärt, ist das Wissen dieser Behörde für die Änderungsbefugnis nach § 173 Abs. 1 Nr. 1 AO des für die Veranlagung des Unterhaltsleistenden zuständigen Finanzamtes ohne Bedeutung (→ BFH vom 2.7.2003 – BStBl. II S. 803).

R 10.3 Versorgungsleistungen

(1) Versorgungsleistungen, die mit steuerbefreiten Einkünften, z. B. auf Grund eines DBA, in wirtschaftlichem Zusammenhang stehen, können nicht als Sonderausgaben abgezogen werden.

(2) Versorgungsleistungen, die freiwillig oder auf Grund einer freiwillig begründeten Rechtspflicht geleistet werden, sind grundsätzlich nicht als Sonderausgaben abziehbar. [2]Das gilt auch für Zuwendungen an eine gegenüber dem Stpfl. oder seinem Ehegatten gesetzlich unterhaltsberechtigte Person oder an deren Ehegatten (§ 12 Nr. 2 EStG).

H 10.3

Ablösung eines Nießbrauchs oder eines anderen Nutzungsrechts.

– → BMF vom 11.3.2010 (BStBl. I S. 227)[1] unter Berücksichtigung der Änderungen durch BMF vom 6.5.2016 (BStBl. I S. 476), Rz. 25 und 85.
– → BMF vom 30.9.2013 (BStBl. I S. 1184), Rz. 55–67.

Altenteilsleistung. Der Wert unbarer Altenteilsleistungen ist nach § 2 Abs. 2 SvEV vom 21.12.2006 (BGBl. I S. 3385)[2] in der für den jeweiligen VZ

[1] Ergänzend siehe BMF v. 20.11.2019, BStBl. I 2019, 1291, geänd. durch BMF v. 5.5. 2021, BStBl. I 2021, 696, Rn. 40.

[2] Fassung für **2020** durch VO v. 29.11.2019, BGBl. I 2019, 1997, für **2021** durch VO v. 15.12.2020, BGBl. I 2020, 2933, für **2022** durch VO v. 6.12.2021, BGBl. I 2021, 5187 (**Steuergesetze** Nr. **21**).

geltenden Fassung zu schätzen (→ BFH vom 18.12.1990 – BStBl. 1991 II S. 354).

Beerdigungskosten. Soweit der Vermögensübernehmer kein Erbe und vertraglich zur Übernahme der durch den Tod des letztverstorbenen Vermögensübergebers entstandenen Beerdigungskosten verpflichtet ist, kann er die durch den Tod des letztverstorbenen Vermögensübergebers entstandenen Beerdigungskosten als dauernde Last abziehen (→ BFH vom 19.1.2010 – BStBl. II S. 544). Ist er hingegen Alleinerbe, sind die Beerdigungskosten auch dann nicht abziehbar, wenn er sich vertraglich zur Übernahme dieser Kosten verpflichtet hat (→ BFH vom 19.1.2010 – BStBl. 2011 II S. 162).

Erbbauzinsen. Erbbauzinsen, die im Zusammenhang mit der Selbstnutzung einer Wohnung im eigenen Haus anfallen, können nicht als dauernde Last abgezogen werden (→ BFH vom 24.10.1990 – BStBl. 1991 II S. 175).

Schuldzinsen. Schuldzinsen zur Finanzierung von als Sonderausgaben abziehbaren privaten Versorgungsleistungen sind nicht als Versorgungsleistungen abziehbar (→ BFH vom 14.11.2001 – BStBl. 2002 II S. 413).

Vermögensübertragung im Zusammenhang mit Versorgungsleistungen. → BMF vom 11.3.2010 (BStBl. I S. 227)[1] unter Berücksichtigung der Änderungen durch BMF vom 6.5.2016 (BStBl. I S. 476).

Vorweggenommene Erbfolge. Zur ertragsteuerlichen Behandlung der vorweggenommenen Erbfolge → BMF vom 13.1.1993 (BStBl. I S. 80) unter Berücksichtigung der Änderungen durch BMF vom 26.2.2007 (BStBl. I S. 269).

R 10.3a Versorgungsausgleich *(unbesetzt)*

H 10.3a

Versorgungsausgleich i.S.d. § 10 Abs. 1a Nr. 4 EStG. Zur einkommensteuerrechtlichen Behandlung der Leistungen auf Grund eines schuldrechtlichen Versorgungsausgleichs → BMF vom 9.4.2010 (BStBl. I S. 323).

R 10.4 Vorsorgeaufwendungen (Allgemeines)

[1]Nach § 10 Abs. 1 Nr. 3 Satz 2 EStG können eigene Beiträge des Kindes zur Basiskranken- und gesetzlichen Pflegeversicherung im Rahmen des Sonderausgabenabzugs bei den Eltern berücksichtigt werden, wenn diese das Kind, für das sie Anspruch auf einen Freibetrag nach § 32 Abs. 6 EStG oder auf Kindergeld haben, durch Unterhaltsleistungen in Form von Bar- oder Sachleistungen (z.B. Unterkunft und Verpflegung) unterstützen. [2]Ob das Kind über eigene Einkünfte verfügt, ist insoweit ohne Bedeutung. [3]Allerdings können die Basiskranken- und gesetzlichen Pflegeversicherungsbeiträge des Kindes insgesamt nur einmal als Vorsorgeaufwendungen berücksichtigt werden. [4]Entweder erfolgt die Berücksichtigung nach § 10 Abs. 1 Nr. 3 Satz 2 EStG bei den Eltern oder nach § 10 Abs. 1 Nr. 3 Satz 1 EStG beim Kind.

---

[1] Ergänzend siehe BMF v. 20.11.2019, BStBl. I 2019, 1291, gei änd. durch BMF v. 5.5. 2021, BStBl. I 2021, 696, Rn. 40.

H 10.4

Abzug von Vorsorgeaufwendungen.[1), 2)]
- Zum Sonderausgabenabzug für Beiträge nach § 10 Abs. 1 Nr. 2 bis 3a EStG → BMF vom 24.5.2017 (BStBl. I S. 820) unter Berücksichtigung der Ergänzung durch BMF vom 6.11.2017 (BStBl. I S. 1455).[3)]
- Zum Sonderausgabenabzug für im Rahmen einer Unterhaltsverpflichtung getragene Basiskranken- und Pflegepflichtversicherungsbeiträge eines Kindes bei den Eltern → BMF vom 3.4.2019 (BStBl. I S. 254).
- Zur Verfassungsmäßigkeit der beschränkten Abziehbarkeit von Altersvorsorgeaufwendungen → BFH vom 18.11.2009 (BStBl. 2010 II S. 414) und vom 9.12.2009 (BStBl. 2010 II S. 348).

Beitragsrückerstattungen.[4)] Zur steuerlichen Behandlung von Bonusleistungen einer gesetzlichen Krankenversicherung (§ 65a SGB V)[5)] → BMF vom 24.5.2017 (BStBl. I S. 820), Rz. 88, 89.[3)]

Berufsständische Versorgungseinrichtungen.
- Liste der berufsständischen Versorgungseinrichtungen, die den gesetzlichen Rentenversicherungen vergleichbare Leistungen i. S. d. § 10 Abs. 1 Nr. 2 Satz 1 Buchstabe a EStG erbringen → BMF vom 19.6.2020 (BStBl. I S. 617).
- Zum Sonderausgabenabzug bei beschränkt Stpfl. für Pflichtbeiträge an berufsständische Versorgungseinrichtungen (§ 10 Abs. 1 Nr. 2 Buchstabe a, § 50 Abs. 1 Satz 3 EStG) → BMF vom 26.6.2019 (BStBl. I S. 624).

Höchstbetragsregelung. Die Regelung über die beschränkte Abziehbarkeit von sonstigen Vorsorgeaufwendungen (§ 10 Abs. 1 Nr. 3a EStG) ist verfassungsrechtlich nicht zu beanstanden (→ BFH vom 9.9.2015 – BStBl. II S. 1043).

R 10.5 Versicherungsbeiträge

[1] Wird ein Kraftfahrzeug teils für berufliche und teils für private Zwecke benutzt, kann der Stpfl. den Teil seiner **Aufwendungen für die Kfz-Haftpflichtversicherung,** der dem Anteil der privaten Nutzung entspricht, im Rahmen des § 10 EStG als Sonderausgaben abziehen. [2] Werden Aufwendungen für Wege zwischen Wohnung und Arbeitsstätte oder Familienheimfahrten mit eigenem Kraftfahrzeug in Höhe der Entfernungspauschale nach § 9 Abs. 1 Satz 3 Nr. 4 EStG abgezogen, können die Aufwendungen für die Kfz-Haftpflichtversicherung zur Vereinfachung in voller Höhe als Sonderausgaben anerkannt werden.

H 10.5

Beiträge an ausländische Sozialversicherungsträger. Zur Aufteilung der an ausländische Sozialversicherungsträger geleisteten Globalbeiträge zur Be-

---

1) Zu den Auswirkungen der Anhebung des Mindestrentenalters vom 60. auf das 62. Lebensjahr ab 2012 siehe BMF v. 6.3.2012, BStBl. I 2012, 238.

2) Zu Vorsorgeeinrichtungen nach der zweiten Säule der schweizerischen Altersvorsorge siehe BMF v. 27.7.2016, BStBl. I 2016, 759.

3) Geänd. durch BMF v. 6.11.2017, BStBl. I 2017, 1455, v. 28.9.2021, BStBl. I 2021, 1833, v. 16.12.2021, DStR 2021, 2972.

4) Prämienzahlungen aufgrund von § 53 Abs. 1 SGB V mindern wie Beitragsrückerstattungen den Sonderausgabenabzug; siehe BFH v. 6.6.2018 X R 41/17, BStBl. II 2018, 648.

5) **Aichberger SGB** Nr. **5**.

rücksichtigung der Vorsorgeaufwendungen im Rahmen des Sonderausgabenabzugs → BMF vom 15.10.2019 (BStBl. I S. 985).[1]

Erbschaftsteuerversicherung.
- Zum Begriff der Erbschaftsteuerversicherung → BMF vom 1.10.2009 (BStBl. I S. 1172),[2] Rz. 30.
- Die Beiträge gehören zu den sonstigen Vorsorgeaufwendungen nach § 10 Abs. 1 Nr. 3a EStG (→ BMF vom 24.5.2017 – BStBl. I S. 820, Rz. 121–124).[3]

Kapitalwahlrecht. Für vor dem 1.10.1996 abgeschlossene Verträge ist Abschnitt 88 Abs. 1 Satz 4 EStR 1987 weiter anzuwenden. Abschnitt 88 Abs. 1 Satz 4 EStR 1987 lautet: „Beiträge zu Rentenversicherungen mit Kapitalwahlrecht gegen laufende Beitragsleistung können als Sonderausgaben abgezogen werden, wenn die Auszahlung des Kapitals frühestens zu einem Zeitpunkt nach Ablauf von zwölf Jahren seit Vertragsabschluß verlangt werden kann."

Keine Sonderausgaben. Die als Sonderausgaben zu berücksichtigenden Aufwendungen sind in § 10 EStG abschließend aufgezählt. Nicht benannte Aufwendungen können nicht als Sonderausgaben abgezogen werden (→ BFH vom 4.2.2010 – BStBl. II S. 617). Hierzu zählen z. B. Beiträge für eine
- Hausratversicherung,
- Kaskoversicherung,
- Rechtsschutzversicherung,
- Sachversicherung.

Krankentagegeldversicherung. Die Beiträge gehören zu den sonstigen Vorsorgeaufwendungen nach § 10 Abs. 1 Nr. 3a EStG (→ BMF vom 24.5.2017 – BStBl. I S. 820, Rz. 121–124).[3]

Lebensversicherung (Vertragsabschluss vor dem 1.1.2005).
- Allgemeines/Grundsätze
  - → BMF vom 22.8.2002 (BStBl. I S. 827) unter Berücksichtigung der Änderungen durch BMF vom 1.10.2009 (BStBl. I S. 1188).
  - → Auszug aus dem EStG 2002 in der am 31.12.2004 geltenden Fassung.
  - → Verzeichnis der ausländischen Versicherungsunternehmen, denen die Erlaubnis zum Betrieb eines nach § 10 Abs. 1 Nr. 2 EStG a. F. begünstigten Versicherungszweigs im Inland erteilt ist – Stand: 1.1.2004.[4]
- Beiträge zu Lebensversicherungen mit Teilleistungen auf den Erlebensfall vor Ablauf der Mindestvertragsdauer von zwölf Jahren sind auch nicht teilweise als Sonderausgaben abziehbar (→ BFH vom 27.10.1987 – BStBl. 1988 II S. 132).

---

[1] Für **VZ 2021** siehe BMF v. 13.11.2020, BStBl. I 2020, 1215, für **VZ 2022** siehe BMF v. 19.11.2021, BStBl. I 2021, 2275.

[2] Geänd. durch BMF v. 6.3.2012, BStBl. I 2012, 238 v. 11.11.2016, BStBl. I 2016, 1238, und v. 29.9.2017, BStBl. I 2017, 1314.

[3] Geänd. durch BMF v. 6.11.2017, BStBl. I 2017, 1455, v. 28.9.2021, BStBl. I 2021, 1833, v. 16.12.2021, DStR 2021, 2972.

[4] Siehe auch EESSI-Verzeichnis der EU-Kommission (Öffentliches Verzeichnis der europäischen Institutionen der sozialen Sicherheit).